ŒUVRES DE PAUL FÉVAL

ROGER BONTEMPS

ALBIN MICHEL, ÉDITEUR

ALBIN MICHEL, ÉDITEUR
PARIS - 22, RUE HUYGHENS, 22 - PARIS

ŒUVRES DE PAUL FÉVAL
Seule édition revue et corrigée

Collection à 5 fr. le volume.

Les Merveilles du Mont-Saint-Michel.
La Louve.
Valentine de Rohan.
La Fille du Juif-Errant.
Le Loup Blanc.
Frère Tranquille.
La Fête du Roi Salomon.
Fontaine aux Perles.
Le Régiment des Géants
Les Compagnons du Silence.
Le Prince Coriolani.
Romans Enfantins.
Le Coup de Grâce.
Les Couteaux d'Or.

La Première Aventure de Corentin Quimper.
Les Errants de Nuit.
Le Mendiant Noir.
Le Capitaine Simon.
La Fée des Grèves.
Rollan Pied-de-Fer.
Les Parvenus.
Pas de Divorce.
Les Etapes d'une Conversion.
Le Chevalier de Kéramour.
La Bague de Chanvre.
Le Poisson d Or.
Le Chevalier Ténèbre
Roger Bontemps.
Le Rodeur Gris.

COLLECTION DES GRANDS ROMANS
à 3 fr. 50 le volume

Paul FÉVAL

Blanchefleur.
Le Tueur de Tigres.
Le Bossu ou le Petit Parisien.
Lagardère.

Paul FÉVAL Fils

Les Chevauchées de Lagardère
Mariquita.
Cocardasse et Passepoil.
Le Fils de d'Artagnan.

La Vieillesse d'Athos.
Le Sergent Belle-Epée.
Le Duc de Nevers.
Le Parc aux Cerfs.
La Reine Cotillon.
Mariage d'Agence.
Cœur d'Amour :
    I. Le Mignon du Roi.
    II. La Trinité diabolique.
    III. L'Homme au Visage volé.
    IV. L'Eborgnade.

PARIS. — Imp. RAMLOT et Cⁱᵉ, 52, Avenue du Maine. — 1925.

ROGER BONTEMPS

PAUL FÉVAL

ROGER BONTEMPS

SEULE ÉDITION REVUE ET CORRIGÉE

ALBIN MICHEL, ÉDITEUR

PARIS — 22, RUE HUYGHENS, 22 — PARIS

AVANT-PROPOS

— ... J'ai lu de vous, me dit la marquise, un conte fort invraisemblable, intitulé les *Couteaux d'or*. J'aime les histoires d'intérieur, à la manière anglaise, pleines de tasses de thé, de tartines au beurre et de recettes pour conserver les fonds d'artichaut. Je prenais à l'avance ces *Couteaux d'or* pour des couteaux de table, et je pensais que William, le jeune homme qui veut épouser la fille du pasteur méthodiste, les apporterait au presbytère, dans un étui de chagrin, pour cadeau de noces.

— Et vous fûtes désappointée?

— Je crois bien! Un sauvage à Paris! Un sauvage muet qui ne refait pas les *Lettres Persanes*! Un Huron pour tout de bon! Et des machines de l'autre monde que vous faites passer sur la butte Montmartre! Et un duel à l'américaine dans la plaine Saint-Denis!...

— Vous ne croyez pas à tout cela, madame?

— Non, certes. Et pourtant je sais une aventure beaucoup plus surprenante...

— A laquelle vous croyez?

— Il le faut bien, c'est l'histoire de mon notaire.

Nous en sommes tous là. Il n'est pas un seul d'entre nous qui n'ait dit au moins une fois en sa vie, après avoir écouté un récit, ces deux choses contradictoires :

— C'est invraisemblable, mais je sais une aventure bien plus étonnante encore !

Sous-entendu : Qui n'est pas invraisemblable.

— Pourquoi, cependant?

— Parce que c'est de l'histoire.

— Oui-dà ! Et qu'est-ce que l'histoire?

Il est notaire, pourquoi le cacher? notaire à Paris. Ce fait ne prouve rien pour ou contre les autres notaires. Il est fort comme un athlète et brave comme un lion; il a le sang-froid d'un peau-rouge et l'esprit d'un sauvage du boulevard des Capucines; il est insolemment bon, jeune et beau; il a épousé la femme la plus exquise...

Il est notaire avec cela ! Sous quel prétexte? Une vocation à ce qu'il dit. Vous verrez bien.

Car ce qui va suivre est purement et simplement l'histoire de Roger Cazal de Lavaur, surnommé Roger Bontemps et notaire de Mme la marquise.

ROGER BONTEMPS

PREMIÈRE PARTIE

L'ACTE DE VENTE ET LE CONTRAT DE MARIAGE

I

NID DE FAUVETTE

Il y avait une petite plate-forme en planches, juste au-dessus du conduit de pierres guillochées qui bordait le toit, car c'était une vieille maison, une vieille maison du vieux Paris qui voyait d'un côté le cèdre du Jardin des Plantes, à la hanche du Panthéon, et de l'autre le Palais du Luxembourg, avec les ombrages fleuris de ses jardins. Sur la petite plate-forme, il y avait un jardin aussi qui souriait au soleil couchant : quatre pots en terre rose, deux de poids de senteurs et deux de pensées.

La fenêtre était mansardée gaiement et rond-voûtée. Elle regardait la plaine de Montrouge par-dessus les maisons.

Vis-à-vis de la fenêtre et tout auprès du lit qui avait vraiment des rideaux ruchés de perse à onze sous, propres, clairs et joyeux, s'ouvrait une petite porte. Certes, Nannon était bien logée. Outre sa chambre, cette chambre où nous sommes, si nette et si mignonne, elle jouissait d'un bûcher pour mettre ses robes, son fourneau et les petits fagots qui allument le poêle, l'hiver. Cela lui coûtait deux cent cinquante francs par an, et toutes les fleuristes du pays latin convoitaient ses domaines.

Roger, le fiancé, venait de l'autre bord de la Seine. Ce n'était déjà plus un étudiant. Il habitait les quartiers d'affaires, là-bas, au delà du Palais-Royal. Nannon avait vingt ans; Roger était d'âge à être notaire tout juste. Roger, cependant, était beaucoup plus enfant que Nannette.

La chambrette n'avait point de cheminée; à droite et à gauche du poêle dont le tuyau coudé s'enfonçait dans le papier de la tapisserie, deux chers portraits pendaient, deux miniatures, un capitaine de cavalerie dont les cheveux grisonnaient et une femme qui n'était plus jeune, mais qui était toujours belle. Nannette vivait sous les yeux de son père et de sa mère qu'elle avait perdus, et c'était une honnête fille dans toute la force du terme.

Roger, de son côté, était le plus loyal garçon de France et de Navarre. Si vous lui eussiez demandé ses intentions à l'égard de Nannette, il vous aurait regardé avec ses grands yeux fiers et francs qui exprimaient si bien l'étonnement. Malgré son état de fleuriste, c'était une vraie petite demoiselle, tout à fait, et Roger l'avait demandée en mariage.

Seulement, Roger avait une mère, une douce femme qui était noble et bourgeoise à la fois : noble par ses souvenirs, bourgeoise par le besoin passionné qu'elle avait de faire un établissement à son cher fils. Je ne sais pas si ces Cazal de Lavaur étaient jamais allés aux croisades, mais la bonne dame était bien fière de son nom. Cazal, disait-elle, s'était allié dans le temps à Mortemart et à Rohan, et certes, vous avez entendu parler du chef d'escadre Cazal de Lavaur qui était moins célèbre que Jean-Bart.

Hélas ! oui, mais il fallait un établissement à Roger. Quel joli soldat il vous eût fait ! Il était clerc de maître Denis-Tiburce Piédaniel, notaire de la Société œnophile et de la compagnie Baudelion (pour les engrais concentrés). On ne devient guère amiral à cette école-là.

Roger était Parisien de Paris, ce qui est très rare. Nannette venait de quelque part, en Bretagne, aux environs de la ville d'Auray. Son père, un vieux soldat qui n'en savait pas bien long, était mort en sollicitant un bureau de tabac;

sa mère avait travaillé pour l'élever honnêtement et chrétiennement, puis un pauvre soir d'hiver, Nannette se vit seule au travers de ses larmes. Elle employa son dernier argent pour acheter un terrain auprès de la tombe du capitaine. Il y avait des fleurs toujours fraîches en ce petit coin du cimetière Montparnasse où vous auriez pris Nannette pour un ange agenouillé.

Ce fut en revenant de là que Nannette rencontra Roger pour la première fois. Elle longeait le boulevard extérieur; la nuit se faisait; des étudiants qui, pour le moment, ne songeaient pas à leurs examens, lui barrèrent la route. Roger entendit un enfant qui criait à l'aide. La suite de ce récit vous montrera combien peu de goût il avait pour les aventures; mais quand on y est, il faut marcher. Roger assomma quelques étudiants et l'histoire n'est pas plus longue que cela.

Nannon savait les chansons de Bretagne qui l'avaient bercée; elle avait une de ces douces petites voix qui vous chantent dans le cœur. Cela impatiente les vieilles femmes, la portière disait :

— Faut le printemps pour la fauvette. Attendez seulement l'hiver !

Nannette attendait et chantait. Tout le voisinage connaissait les mignons refrains de la fauvette, mais on n'apercevait guère son minois qu'à l'heure où elle arrosait son jardin. Le reste du temps, invisible derrière ses quatre pots de terre rose, elle *tournait*, c'est le mot technique de cette humble et gracieuse industrie des fleuristes, elle tournait des liserons plus légers que ceux des haies, des bruyères plus délicates que celles des landes bretonnes, elle tournait des bluets, des coquelicots et de la folle avoine. C'était une fée. Les fleurs naissaient, vivantes, sous le charmant travail de ses doigts.

Elle avait accepté la recherche de Roger bien volontiers, mais sans étonnement, car elle ignorait trop la vie pour deviner la distance qui sépare une fleuriste d'un clerc de notaire gentilhomme en passe d'acheter l'étude de son patron. Ils s'aimaient bien; Roger avait parlé au bon curé de Saint-Jacques du Haut-pas qui était le confesseur de Nannette, et l'on n'attendait plus, pour aller à l'autel, que le consentement de Mme de Lavaur.

Nannette et Roger étaient beaux tous les deux et je ne sais quel mystérieux air de famille faisait songer à l'un quand l'autre se montrait; c'était bien la même franchise absolue de caractère, la même « bravoure », pour dire le mot qui leur allait également à tous deux. La portière dont nous avons déjà cité une sentence disait en parlant de leurs fiançailles :

— C'est trop joli. Un ménage comme ça ferait tort aux autres.

Six heures du soir venaient de sonner à la tour de Saint-Jacques du Haut-Pas. Roger devait venir aujourd'hui causer du fameux consentement qui se laissait un peu désirer. La chambre de Nannon était vide, mais on entendàit parler dans le petit bûcher, dont la porte s'ouvrit tout à coup. Nannon en sortit et referma la porte. Elle était rouge comme une cerise. A peine la porte fut-elle refermée que sa joue devint pâle; ses yeux, en même temps se remplirent de larmes. Elle resta immobile, comme si elle eût voulu recueillir des pensées rebelles; puis elle s'assit auprès de sa petite table à ouvrage et mit sa tête entre ses mains, qui disparurent dans les masses abondantes de ses cheveux. Par intervalles, on voyait l'effort des sanglots sourds qui secouaient sa poitrine.

Vous n'eussiez rien entendu, vous, car il y avait loin du nid de Nannette au rez-de-chaussée, pourtant, un son frappa son oreille; ses mains s'écartèrent à droite et à gauche de son front; elle rejeta, pour écouter mieux, tous ses cheveux en arrière.

— Il vient ! murmura-t-elle en se levant.

Elle avait reconnu le pas de Roger dès la première volée. En un tour de main ses cheveux roulés se nouèrent sur son chignon, ses yeux, tamponnés vigoureusement, essayèrent un sourire. Elle saisit son ouvrage et prit sa place habituelle auprès de la croisée. Il y avait une tristesse mortelle dans ses yeux, mais aussi une préoccupation et la marque d'un travail mental.

Comme le pas de Roger, plus distinct, sonnait sur le palier du troisième étage, elle appela un sourire sur ses lèvres. Ce n'était pas assez. Elle se mit à chanter de sa pauvre douce voix, qui d'abord trembla, mais qui bientôt s'affermit; car, sous cette gentille enveloppe, il y avait une volonté de bronze.

Elle savait bien des chansons bretonnes. Sans choisir, elle tomba sur cette gaillarde invocation des bons gars d'Auray qui supplie et menace tour à tour la mère de la Vierge :

> A Sainte-Anne, en Auray,
> J'irai pieds nus sur la route,
> Et je lui porterai
> Les plus beaux bouquets qu'j'aurai. } *(bis.)*

Il y a là une roulade villageoise que Nonnan réussirait à miracle. Parfois, quand Roger montait et qu'elle chantait, il ralentissait le pas pour écouter mieux; mais, cette fois, il ne s'arrêta point. Nannon poursuivit, et au travers de la porte, vous auriez juré qu'elle était gaie comme pinson.

> C'est la fille à Joson Michaille
> Qui m'tient au cœur depuis l'printemps.
> J'gagn' dix-huit sous quand j'vas aux champs,
> J'peux-t-êtr' soldat, car j'ai la taille :
> Si j'pouvais trouver un trésor,
> Dans un vieux pot des pièces d'or...
> A Sainte-Anne, en Auray,
> J'irai pieds nus sur la route,
> Et je lui porterai
> Les plus beaux bouquets qu'j'aurai. } *(bis.)*

Roger attendit la fin du refrain pour ouvrir. Il avait couru. La sueur perlait à son front. Et pourtant, il avait mis bien du temps à monter les quatre étages.

Il entra. Nannette lui fit un petit signe de tête, et continua de chanter :

> J'achèt'rais l'cousin Jean-Marie;
> Il est bon pour servir le roi.
> Catherin'ne voyant plus qu'moi,
> Ça lui donn'rait peut-être envie.
> Si j'pouvais trouver un trésor,
> Dans un vieux pot des pièces d'or...

— Vous êtes gaie, ce soir ! dit Roger qui semblait soucieux.

Elle le regarda en lançant son refrain d'une voix provocante :

> A Sainte-Anne, en Auray,
> J'irai pieds nus sur la route...

— Si je croyais qu'en faisant ce voyage-là je trouverais un trésor... interrompit Roger.

— Ah ! fit-elle. C'est bon dans les chansons !

Et la fleur vira dans ses doigts. Ils avaient tous deux de ces figures qui sont des livres ouverts. Jamais entre eux, il n'y avait eu ni secret ni réticence. Roger s'assit. Ils restèrent un instant silencieux.

— Vous ne chantez plus? dit Roger d'un air contraint.

— Non, répondit Nannette sèchement.

Puis elle ajouta, en rabattant ses longs cils sur ses regards sournois :

— Vous venez de bonne heure.

— J'avais hâte de vous voir, répliqua Roger, qui évidemment saisissait avec ardeur cette porte ouverte à une explication.

Elle fredonna :

> J'irais boir' ma petit' chopine
> Tous les matins au cabaret.
> La femm' dirait ce qu'è voudrait,
> Quand j's'rais l'époux de Catherine.
> Si j'pouvais trouver un trésor.
> Dans un grand pot des pièces d'or...

Roger la regarda au moment où elle allait entamer le refrain, et lui dit d'un accent sérieux :

— Vous avez quelque chose?

— Parbleu ! répondit-elle brusquement.

Ce n'était ni son ton ordinaire, ni son style.

— C'est un secret?

— Tout le monde en aurait donc, des secrets !

Roger rougit et voulut lui prendre la main. Elle le repoussa.

— J'ai que je ne sais pas où se trouvent les trésors, murmura-t-elle prête à pleurer.

Mais elle ajouta bravement et chantant à pleine voix :

> Dans un vieux pot des pièces d'or !

Puis elle éclata de rire. Ce rire sonna tristement dans la chambre qui redevint muette.

— Eh bien ! oui, dit tout à coup Roger, il y a quelque chose et je venais vous le dire. Maman refuse son consentement, elle a arrangé pour moi un autre mariage, mais ne craignez rien...

— Connu ! prononça nettement Nannon en haussant les épaules.

Il faut répéter que ce n'était point là du tout son style ordinaire. Nannon était une ouvrière et n'était rien de plus, mais elle n'employait jamais l'odieux parlage des grisettes, tout fait de mots malsonnants qu'elles prennent la peine d'apprendre par cœur aux petits théâtres. D'ordinaire, Nannon parlait comme elle pensait, c'est-à-dire correctement et bien. Mais aujourd'hui, il semblait qu'elle eût arboré une méchante cocarde. Sa voix, son regard, son geste, toute sa personne enfin avait physionomie de défi.

Roger réussit à lui prendre la main, la main était froide et morte.

— Vous avez vu quelqu'un, murmura-t-il, on vous a dit quelque chose?

Au lieu de répondre, elle demanda :

— M'inviterez-vous à la cérémonie?

— La cérémonie ne se fera jamais si vous voulez, prononça doucement Roger.

Nannon répéta en détournant les yeux :

— Connu !

— Écoutez, dit Roger non sans irritation, vous cherchez à me piquer et vous avez tort, car j'ai bien de l'embarras...

— Ah ! oui, dit-elle, redoublant d'ironie, bien de l'embarras : c'est juste !

— Je ne vous avais jamais vue ainsi, Nannette !

Un mot vint jusqu'à ses lèvres, mais elle le retint et dit sèchement :

— Possible !

Roger abandonna sa main qui s'affaissa d'un mouvement découragé, mais cela dura si peu qu'il eût fallu l'œil d'un observateur pour déchiffrer ce muet symptôme de défaillance. La main se releva prestement et les tiges virèrent de plus belle, tandis que le refrain allait, véritable déclaration de guerre:

> Si j'pouvais trouver un trésor,
> Dans un vieux pot des pièces d'or !

— Et qu'en feriez-vous, ma pauvre Nannon? demanda Roger attendri à son insu par l'effort même qu'on faisait pour le blesser au vif.

— Cela ne vous regarde plus, répondit-elle.

Il se leva brusquement, comme si ce mot eût touché en lui quelque blessure cachée. Il fit un tour dans l'étroite chambrette où chaque objet lui sautait aux yeux comme un adieu.

— Qui vous a prévenue? demanda-t-il tout d'un coup.

— C'est quelqu'un, répliqua Nannette.

Rien ne dit tant ni si bien que ces réponses d'enfant, qui n'ont par elles-mêmes aucun sens. Roger revint et croisa ses bras sur sa poitrine.

— Vous savez pourtant bien, reprit-il, que ma bonne mère pense et agit pour moi depuis le jour de ma naissance. Elle n'a que moi; elle n'a qu'un rêve, qui est mon avenir. Moi, je ne lui ai jamais résisté, et j'allais commencer ce soir.

Nannon trancha son fil de soie d'un coup de dent.

— Ah !... fit-elle.

Puis elle mit ses doigts devant sa bouche, qui s'ouvrit comme pour bâiller.

— Oh ! dit Roger avec une consternation véritable; je vous parle de ma mère !

— Est-elle blonde ou brune, demanda Nannette, votre demoiselle qui a de quoi payer l'étude?

— Est-ce bien vous que j'entends ! balbutia le pauvre garçon. J'étais donc fou avant ce soir !

— Bah ! fit-elle avec le geste de celles qui jettent leur bonnet par-dessus les moulins, pourquoi se gêner, maintenant?

C'était trop; on dépassait le but. Roger ne crut pas. Son front soucieux se dérida, et il dit :

— Vous essayez de me blesser.

Il vint une étrange expression au visage de la fillette, qui le regarda en face et prononça tout bas :

— C'est lâche, les hommes !

— Eh bien, c'est vrai ! s'écria Roger. J'ai été lâche, lâche envers ma mère que j'ai laissée s'engager... s'engager... me disant toujours : Demain, je lui raconterai l'histoire de mon cœur... et le lendemain je n'osais pas. Pourquoi? Parce que si ma mère s'était mise entre nous deux, je serais devenu fou !

Nannette avait grand'peine à tenir sa paupière baissée. Un instant de plus, ses yeux rieurs et mouillés allaient, en s'ouvrant, dévoiler toute son âme. Mais Roger tressaillit tout à coup et s'interrompit pour regarder la porte du petit bûcher. Un léger bruit était venu de ce côté. Nannette avait entendu aussi, car une rougeur lui monta aux joues.

Cela fit plus que le bruit lui-même. Roger devint pâle et tremblant. La bizarre conduite de sa fiancée posait une énigme. Etait-ce le mot de l'énigme qui se cachait derrière cette porte fermée? Il y eut un silence presque solennel. Le bruit ne se renouvela point.

Nannon, les yeux toujours baissés, reprit son chant d'une voix qu'elle voulait rendre indifférente et libre. Un rayon de soleil couchant, glissant à travers les fleurs, jouait dans l'or de ses cheveux et découpait, selon une ligne lumineuse, les profils de ses traits. Roger avait cette angoisse qui serre le cœur au chevet d'une morte bien-aimée. Il la contemplait et songeait : « c'est peut-être la dernière fois... »

— Vous n'étiez pas seule, Nannon, murmura-t-il si bas que la fillette le devina plutôt qu'elle ne l'entendit.

Elle répondit d'un accent de défi :

— Après ! Quand cela serait?

— Il y a quelqu'un-là, dit Roger en pointant du doigt la porte.

Nannon tourna la tête.

— Et si ce quelqu'un-là n'est pas un misérable poltron, continua Roger qui haussa le ton malgré lui, je l'engage à se montrer !

Nannon jeta son ouvrage, et resta un instant le regard cloué au sol, Roger crut qu'elle allait parler; sa bouche, en effet, s'entr'ouvrit, mais ce fut pour donner passage à un rire strident et sec que Roger ne lui connaissait pas. Ce rire le souffleta comme eût fait la main d'un ennemi. Il saisit son chapeau qu'il avat jeté sur un meuble en entrant, mais il ne partit pas encore parce qu'il crut voir une souffrance au travers des paupières baissées de la jeune fille.

— Nannette, dit-il avec une émotion profonde, si je m'en vais ainsi, jamais je ne reviendrai plus.

Etait-ce un sanglot, ou le restant de l'éclat de rire? Nannon répondit :

— Vous êtes assez grand pour savoir ce que vous avez à faire.

— Adieu, Nannette, dit Roger douleureusement. Soyez heureuse.

— Merci, répondit-elle, et bonne chance !

Roger sortit. Dans l'escalier, il put entendre le dernier couplet de la chanson :

> Vous m'devez bien ça, bonne mère,
> Car v'là longtemps que j'pay' des vœux.
> Ça n'vous coût' rien d'fair' des heureux,
> Et j'commence à m'mettre en colère.
> Faut pourtant que j'trouv' mon trésor,
> Un grand vieux pot, tout plein d'pièc's d'or !

Roger descendit l'escalier. Quand Nannette s'arrêta pour écouter, elle entendit encore le bruit de ses pas. Alors elle entama le refrain d'une voix qui allait se brisant :

> A Sainte-Anne, en Auray.
> J'irai pieds nus sur la route...

Ce fut tout. Elle avait fait de son mieux. Ses deux mains s'appuyèrent ensemble contre sa poitrine. Elle tomba en bas de sa chaise comme une morte.

Le petit bûcher s'ouvrit en ce moment. Une femme qui avait des cheveux gris sous sa capote de soie noire franchit le seuil. C'était une physionomie douce et bonne; dans ses traits déjà flétris par les années, on retrouvait le dessin du jeune et beau visage de Roger. Elle traversa la chambrette d'un pas pressé, mais que l'émotion faisait chanceler. Ses yeux étaient remplis de larmes.

Nannon rouvrit les yeux pour la regarder.

— Êtes-vous contente de moi? demanda-t-elle en essayant de sourire.

La vieille dame se pencha sur elle et la baisa au front.

— Si nous étions riches... commença-t-elle.

Et comme Nannon redressait sa tête charmante avec fierté, elle ajouta :

— Mon enfant, vous ne savez pas ce que j'allais dire. On ne récompense pas ce que vous venez de faire avec de l'argent. J'allais dire : si nous étions riches, je vous choisirais entre toutes les femmes pour rendre mon Roger le plus heureux des hommes. Vous êtes un admirable cœur !

— Je l'aimais bien, dit simplement Nannette, mais j'ai compris que vous l'aimiez mieux que moi, puisque vous êtes sa mère. L'idée de briser son avenir et de l'empêcher d'arriver, comme vous dites, m'a tuée, madame.

— Et que comptez-vous faire? demanda la mère de Roger, car c'était bien Mme Cazal de Lavaur.

— Je pense que je ne vivrai pas longtemps, répondit Nannette.

Le front de la vieille dame se rembrunit.

— Une menace pareille ne serait pas digne de vous, dit-elle.

— Oh ! fit Nannette qui eut une fois encore son sourire d'enfant, allez, je suis chrétienne, je ne menace pas. S'il entendait parler d'un malheur, cela empoisonnerait tout dans sa vie. Oh ! non, je ne me tuerai pas, il faut qu'il soit heureux avec sa richesse. C'est bien assez de moi pour souffrir. Je ne mourrai pas à Paris... il y avait une pauvre fille ici, sur le carré. On l'appelait Fanfare, parce que sa joie faisait du bruit. Son fiancé s'est marié. Elle est partie pour l'Amérique ou ailleurs, je ne sais où. Là-bas, on ne sait ni qui vit ni qui meurt.

Mme de Lavaur l'attira contre sa poitrine.

— Oh ! oui, pensa-t-elle tout haut, vous l'aimiez bien, ma fille.

— Et dire que sa mère m'embrasse ! murmura Nannette, et qu'elle m'appelle sa fille ! Quand on fait du bien, on est récompensé. Je vivrai et je mourrai avec ce souvenir-là.

— Et si je me trompais, pourtant ! pensa tout haut la vieille dame. Roger aussi vous aime bien... Si je lui volais son bonheur !

Nannette prit ses deux mains et les effleura de ses lèvres.

— Les mères ne se trompent jamais, dit-elle. Je n'ai plus de parents et je fais des fleurs. Épouser une fille comme moi, c'est se casser le cou, voilà le mot, n'est-ce pas, madame? Embrassez-moi encore une fois et priez pour moi comme je prierai pour vous. Adieu.

II

LE PARAPET

Au collège Henri IV, quelques années en deçà, quand Robert le Diable et Roger Bontemps étaient d'accord, il n'y avait plus à discuter. Volontiers le petit peuple du lycée se fût divisé en deux camps, car Roger et Robert avaient chacun des partisans, mais c'étaient entre eux une amitié solide et déjà vieille, malgré la différence profonde de leurs caractéres. Roger était facile à vivre comme tous les insouciants; comme tous les ambitieux, Robert le Diable qui, de son nom s'appelait Robert Mornaix, avait des susceptibilités nerveuses et des boutades despotiques.

Roger était bon garçon. Robert était charmant; Roger était fort, loyal et brave, Robert avait des chevaleries et des heures de faiblesses. On l'avait vu terrible. Il était beaucoup plus craint que Roger.

Ni l'un ni l'autre n'avait remporté aucun succès très marquant dans le tournoi scolaire. Là-bas il est rare que les « bons élèves » soient maîtres à l'heure des récréations. Ils allaient leur chemin d'écolier d'un pas égal et suffisant. Robert mordait galamment, lui qui pourtant avait des aspirations de poète, aux mathématiques et à la géographie. Il recherchait avec avidité les récits de voyages et surtout les féeries mexicaines; il y avait en lui du « chercheur d'or »; il étudiait passionnément l'anglais et l'espagnol pour avoir langue plus tard dans ces romanesques pays où l'opulence est à fleur de terre.

Roger apprenait aussi l'anglais, mais par complaisance pure et pour donner la réplique à son *copain* de prédilection. Il prétendait aimer ses aises par-dessus tout et faisait ainsi l'épitaphe de sa vie future : « Bon époux, parfait notaire.» Seulement, quand Robert l'engageait dans quelque folle équipée, avant la fin de l'histoire, il avait toujours pris les devants, et il fallait l'en retirer de force... « par la peau du cou, comme un chien qui mord, » pour employer les propres expressions de Thomas Stone, le professeur d'anglais qui était un vieux philosophe.

En résumé, Roger détestait les aventures; Robert les adorait. Thomas Stone disait, précisément à ce propos d'aventures : « Robert le Diable en prendra par goût, tous les jours, un petit verre ou deux, mais si Roger Bontemps y touche, en une fois il avalera la bouteille ! »

Un soir de septembre, en 1852, nos deux amis mangeaient le dîner d'adieu au restaurant Dagneaux, seuls dans un cabinet particulier. Roger était triste; l'espoir enthousiaste montait la tête de Robert. Le cloître de l'université n'avait plus pour lui ni grilles ni serrures; en avant, c'était l'espace et la liberté : il allait entrer dans la vie.

— Les autres années, dit Roger, quand tu partais pour ton pays, nous prenions rendez-vous à deux mois.

— Maintenant c'est à deux ans, à dix ans peut-être, répliqua Robert, mais quand tu me reverras je serai riche.

Roger secoua la tête. Robert poursuivit d'un ton tranchant et décidé :

— Mon père s'appelle Mornaix tout court parce qu'il est pauvre, mais tout auprès de chez nous il y a un domaine de dix mille hectares, un domaine de roi, le plus beau domaine qui soit en France; il a nom la terre de Belbon. Le château ressemble à celui de Saint-Cloud, mais il est plus vaste; le parc servit de modèle au parc de Fontainebleau. Mon père, M. Mornaix tout court, en est le régisseur. Mes aïeux, les Mornaix de Belbon, en étaient les maîtres et seigneurs. Je veux qu'il soit à moi comme il fut à mes aïeux, ce grand, ce royal domaine, C'est un but cela. Il te manque un but. Sans cela, tu me vaudrais deux fois.

— Mon but est d'être notaire, fit observer paisiblement Roger. Quand tu auras ta propriété de dix mille hectares, je suppose que tu me prendras pour ton notaire.

Mornaix sourit.

— Toi, murmura-t-il, souviens-toi des prophéties de Thomas Stone. Tu feras quelque effrayante gambade avant d'acheter ton étude.

— Que Dieu m'en préserve ! répliqua Roger. Mes aïeux n'avaient ni donjon ni palais, et nous sommes gentilshommes de robe. La magistrature me fait peur parce que, si je condamnais un homme à mort, je ne dormirais plus. Le notariat au contraire, est un sacerdoce et un oreiller. J'y vois la vie en sieste : chacun son caractère. J'ai ma mère, vois-tu : il lui faut un fils tranquille pour la faire heureuse. J'épouserai, quand il en sera temps, une jolie petite demoiselle bien douce...

A la gare du chemin de fer, ils se tinrent longtemps embrassés, car ils s'aimaient fraternellement.

— Tu m'écriras souvent, dit Roger qui avait les larmes aux yeux.

— Oui souvent, que je sois loin ou près, heureux ou malheureux. Tant que je signerai : Mornaix, je ferai mon purgatoire. Mais quand tu recevras une lettre signée : comte de Belbon...

Il y eut une dernière étreinte et Roger revint seul.

Pendant quatre ans au moins, on parla de Robert le Diable et de Roger Bontemps dans les cours du collège Henri IV. Aujourd'hui encore, quelques paléographes de dortoir racontent aux nouveaux leurs fredaines légendaires. Robert écrivit d'abord très souvent, puis plus rarement. Sa dernière lettre, qui parvint à Paris en 1859, était datée de Arispe, en Sonora, et signée Mornaix comme les autres.

Roger était resté à Paris. Il avait mené un instant la vie d'étudiant, puis la rencontre de Nannon l'avait converti net. C'était toute son histoire. Thomas Stone venait le voir deux ou trois fois l'an pour savoir s'il n'avait pas encore fait sa gambade.

— Plus vous tardez, *my dear*, disait le professeur d'anglais, plus le saut périlleux sera *capital*. Vous me préviendrez la veille.

Ce Thomas Stone pouvait être un philosophe, mais moi je vous dis qu'avec Nanette, jamais Roger n'aurait fait le saut périlleux. Chacun de nous, une fois dans sa vie, est mis en présence de son ange gardien : il ne s'agit que de ne le point laisser prendre sa volée.

Cette petite Nannon, qui chantait si bien les chansons bretonnes, était l'ange gardien de Roger, et Roger le savait. En descendant l'escalier, après la scène que nous avons racontée, il se demanda vingt fois s'il avait bien sa raison. Nannette ainsi changée du jour au lendemain ! Nannette, la gentillesse, la grâce, la pudeur ! Nannette ayant pris ce ton ! Nannette trouvant ces mots ! Que croire? L'idée lui vint de remonter pour voir s'il n'était pas le jouet d'un mauvais rêve.

Mais, au bas de l'escalier, il se dit : « Elle ressemble aux autres, voilà tout, et j'allais faire une sottise ! »

Il descendit la rue d'Enfer à longues enjambées

— Voilà ! pensa-t-il encore, c'est une dent qu'on arrache ! Demain, je n'y songerai plus. Mon caractère est comme cela; il me semble déjà que je suis beaucoup plus calme... étonnamment plus calme. Et même, à bien considérer les choses, c'était une aventure; je n'aime pas ça. Que diable ! je n'ai pas été créé et mis au monde pour contrarier ma mère. Je n'ai pas les préjugés de caste, c'est vrai, mais enfin nous sommes les Lavaur, bonne noblesse de robe... bien que, à tout prendre, elle fût la fille d'un soldat. Mais quel changement à vue ! interrompit-il en s'arrêtant court au beau milieu de la place Saint-Michel, et en ôtant son chapeau pour s'essuyer le front : ce n'est pas naturel. Si je retournais...

Il y avait des *étudiantes* qui buvaient de la bière, le long du trottoir, devant l'estaminet voisin.

— Connu ! dit l'une d'elles.

Et une autre :

— C'est lâche, les hommes !

Roger enfonça brusquement son chapeau sur ses yeux et reprit sa course. Il était décidément beaucoup plus calme; la preuve, c'est qu'il continuait son monologue enragé, pressant le pas ou le ralentissant, se décoiffant, gesticulant et piquant droit devant lui sans savoir où il allait.

Ses réflexions étaient sages. En définitive, sa mère avait arrangé son mariage avec Mlle Eudoxie qui apportait une dot, et on allait traiter pour la charge de maître Denis-Tiburce Piédaniel. Voilà du solide et du réel. Ce soir, ce soir même, le contrat et l'acte devaient être signés.

Et vraiment, toute cette affaire était providentielle. Roger avait laissé sa mère aller de l'avant. Je vous le demande; si, à la dernière heure, Roger était venu rompre le mariage et la cession de l'étude pour cette Nannette, quelle eût été sa figure?

Bravo ! ma foi, bravo, on ne brise pas une vocation. Il se sentait notaire prédestiné. Bravo ! il savait bien désormais où il courait : il courait chez maître Piédaniel signer le contrat de mariage et l'acte de vente. Seulement, il tournait le dos à la Madeleine et maître Piédaniel demeurait rue Tronchet.

Tout chemin ne mène-t-il pas à Rome? Il s'assit sur le parapet d'un pont et il n'eut point su dire quel pont.

La nuit se faisait. Huit heures sonnèrent à l'horloge du Palais de Justice. La réunion était pour neuf heures chez maître Piédaniel. Roger se dit : « Il est temps. »

Et il resta sur son parapet, écoutant le murmure de la ville et le bruit vague de l'eau qui coulait sous les arches. Je ne sais pourquoi le souvenir de Robert lui vint à ce moment. Il avait si grand besoin d'un ami !

Parmi les murmures de l'eau il y avait une voix qui chantait autour de son cœur :

> Si j'pouvais trouver un trésor,
> Dans un vieux pot des pièces d'or...

Eh bien, oui ! Si elle avait eu de l'or, beaucoup de pièces

d'or tombées du ciel, Roger pensait cela, Nannette aurait acheté l'étude, acheté le consentement de la bonne mère, acheté tout, y compris lui, Roger. Voilà ce que voulait dire la chanson. Oh ! c'est lâche, les hommes ! Roger pleura. Puis il écouta dans ses souvenirs ce rire sec, ce rire qui l'avait tant étonné sur les lèvres de Nannette.

Le calme arrivait grand train, cela se voyait. Deux hommes étaient accoudés sur le parapet à quinze pas de lui et causaient. Il ne les entendait pas.

Sans écouter, on a confusément conscience. Roger savait que ces deux hommes s'entretenaient en anglais. Au moyen de ce mystérieux procédé, l'association des idées, l'anglais des deux inconnus évoqua pour Roger ce brave professeur du collége Henri IV, qui lui avait prédit une culbute capitale. Il regarda couler l'eau et se dit : « Je n'ai assurément point la pensée du suicide. »

Une phrase se détacha, cependant, de la conversation des deux hommes, dont l'un dit :

— La carte est tracée au sang sur un mouchoir...

Roger crut avoir mal compris. Il est d'ailleurs, pour ceux qui ont étudié une langue étrangère par principe et qui n'ont pas suffisamment pratiqué, une très grande difficulté de traduire la parole, et cette difficulté même entretient un constant désir.

Machinalement Roger se mit à prêter l'oreille pour voir s'il n'avait point attaché aux mots un sens par trop absurde. « La carte est tracée au sang sur un mouchoir... » Que pouvait signifier cette phrase bizarre?

Mais les deux inconnus n'avaient pas du tout l'accent irréprochable et vraiment académique de Thomas Stone. Ils parlaient en outre un patois hybride, plein d'abréviations hardies et mélangé de mots espagnols. Ces trois syllabes « El conde » revenaient surtout à chaque instant dans leur conversation.

Roger ne comprenait pas du tout la série des idées échangées; quelques membres de phrase seulement surgissaient pour lui de temps en temps comme les jalons d'une route invisible. Sans le vouloir assurément, et aussi sans le savoir, il s'acharnait à ce travail qui faisait diversion à son mal.

Au bout de dix minutes il avait saisi très péniblement et très vaguement ce qu'il fallait pour conclure que les deux inconnus appartenaient à une police quelconque et suivaient la trace d'un malfaiteur à Paris. Ils avaient ou devaient avoir un troisième associé qui s'appelait Sam et qui était présentement sur la piste du fugitif. Selon toute apparence, *El conde*, « le comte » était l'homme ainsi poursuivi.

Que lui importait tout cela? Hélas! peu de chose. Quand sonna la demie de huit heures, les deux inconnus se redressèrent en même temps et prirent la direction du quai, Roger les suivit. Pourquoi? Comme il eût regardé des joueurs de boules ou le bâtonniste de nos foires. Il lui fallait un hochet en ce moment.

Sur le quai, chacun des deux inconnus prit un fiacre. Roger s'arrêta à les regarder comme un enfant curieux et inassouvi qui s'attriste à voir tomber déjà la toile du théâtre des Marionnettes. Les deux inconnus s'étaient serré la main en disant :

— A cette nuit !

Mais tout à coup Roger s'éveilla de son engourdissement, à l'instant où les deux voitures partaient, prenant des directions opposées, cette question tomba distinctement de l'une des portières :

— Quel est le nom de l'homme?

Distinctement aussi, l'autre portière répondit :

— Roger Cazal de Lavaur.

Le premier instinct de Roger fut de s'élancer, mais les deux fiacres galopaient déjà en sens contraire l'un de l'autre.

III

VOITURE MORTUAIRE

Roger était frappé violemment. L'homme que ces limiers poursuivaient, c'était lui-même ! Il resta tout songeur.

En s'efforçant rétrospectivement d'interroger l'ensemble du mystérieux entretien qu'il avait écouté à bâtons rompus, il retrouva des séries de sons qu'il n'avait pu traduire à la volée : un nom de femme qui n'avait rien d'anglais : Naranja, le mot *digger* (fouilleur ou mineur) vingt fois prononcé, et enfin l'adresse exacte de la maison où lui, Roger, demeurait avec sa mère, « rue du Mail, nº 9. »

Ce dernier fait changea le cours de ses réflexions. Il n'est point de notaire au monde qui ne possède dans ses cartons une pleine douzaine de romans. Roger s'établit à feuilleter en idée les dossiers de maître Piédaniel, cherchant quelque drame où il pût prendre un bout de rôle. Cela l'occupa dix minutes, au bout desquelles il se reprocha avec amertume de n'avoir pas donné un louis au cocher de la première citadine venue pour suivre à tout le moins l'un des fiacres : celui dont la portière ouverte avait répondu : « Roger Cazal de Lavaur ».

Mais il n'était plus temps. Et d'ailleurs, que lui importait tout cela ? Nannette ! La pensée de Nannette lui revint et l'impatienta. Il voulut la chasser d'autorité et se dit : « Tout est pour le mieux. Ce n'était qu'une aventure ! Je promets de brûler un cierge à sainte Anne... Allons ! en route ! il s'agit de signer ce soir l'acte de vente et le contrat de mariage. »

Il prit sa course vers le quartier de la Madeleine où respirait maître Piédaniel. L'horloge du Palais de Justice marquait huit heures quarante-deux minutes quand il passa devant la grille. Vers dix heures, il arrivait au bout de la rue Vivienne.

Pourquoi tout ce temps? Est-ce qu'on sait? Il ne s'était assis que trois quarts d'heure sur un banc, dans le jardin du Palais-Royal. Qu'avait-il fait là? Il avait repassé péniblement chaque mot, chaque syllabe de sa conversation avec Nannette et il s'était dit : « C'est impossible ! j'ai rêvé ! » Sur cette pente, il en arriva bien vite à penser : « C'est moi qui ai tous les torts. »

La solide honnêteté de Nannon, sa vertu si simple et si vraie lui revinrent en mémoire. Quand il se leva de son banc, ce fut pour aller vers les ponts. Il voulait demander pardon. Mais, en définitive, un homme ne vire pas comme une toupie. Elle avait dit : « Connu ! » elle avait dit : « C'est lâche, les hommes ! » » Epouse-t-on les jeunes personnes qui parlent cette langue du pays latin?... Roger s'arrêta avant d'avoir regagné la Seine.

Ce pendant que se passait-il chez maître Piédaniel où les deux actes authentiques attendaient impatiemment Roger, savoir : le contrat de vente à l'étude, le contrat de mariage au salon? Le thé s'y prenait, du thé très bon, nuagé de rhum ou de lait, selon les sexes, et corroboré de tartines. Maître Piédaniel parlait d'heureux ménages et de licitations productives. C'est toujours intéressant. Il faisait l'éloge de Roger, au grand orgueil de son excellente mère. Roger avait été un clerc ponctuel, il serait un remarquable patron. Que dire de plus à la louange d'un notaire? Elle était triomphante, cette chère Mme de Lavaur, malgré les nuances sombres de sa toilette. Sa figure radieuse entonnait l'épithalame A ceux qui constataient déjà le retard de Roger, elle répondait : « Il va venir, j'en suis sûre ! »

Et de fait, elle en était sûre; elle avait assez bien travaillé pour cela chez Nannette !

J'oubliais de vous dire que là-haut, dans sa chambrette, Nannon était toute seule et qu'elle ne chantait plus. Elle faisait ses paquets loyalement en pleurant.

Mlle Eudoxie, la fiancée choisie par Mme de Lavaur, connaissait Roger pour avoir dansé trois fois avec lui l'hiver passé. Elle était la nièce de maître Piédaniel. Elle croyait au notariat comme les filles des preux vénéraient la lance, au temps jadis.

Roger, lui, montait enfin la rue Vivienne, donnant ainsi raison aux certitudes de Mme de Lavaur. Il allait de bonne foi vers son étude et vers son ménage. Seulement, il prenait le plus long; et nous devons avouer que Mlle Eudoxie était absente de ses rêves.

Roger avait le front un peu lourd. Ce n'étaient plus désormais ses réflexions qui le fatiguaient. Il ne pensait à rien et cheminait comme un automate.

Sur le boulevard, à la hauteur du café Riche, vous voyez qu'il était désormais bien près du port, il s'arrêta court, regardant d'un œil stupéfait un jeune homme assis devant une table de l'extérieur qui supportait un grog intact et un petit sac de voyage. Le sac avait une physionomie américaine. Le jeune homme était basané comme un turco, malgré la délicatesse presque féminine de ses traits. Il portait les cheveux ras, la moustache longue et tombante. Son costume était celui d'un Anglais *en tour*.

Quand ses yeux noirs, profonds et ardents rencontrèrent ceux de Roger, il fit un geste joyeux et s'écria :

— Enfin, te voilà !

Sa joie n'était mélangée d'aucune surprise. Roger n'en dit pas beaucoup plus long. Il était au plus fort de la torpeur qui suit les grandes émotions, et si étrange qu'elle fût, la rencontre ne secouait qu'à demi son engourdissement.

— Je pensais justement à toi, murmura-t-il d'une voix basse et fatiguée.

— Parbleu ! dit l'autre, à qui penserais-tu?

Roger le regarda en homme qui ne comprend point.

— Je me disais, poursuivit-il, je n'ai jamais eu qu'un ami : Robert...

Ils se prirent la main, puis ils s'embrassèrent. Ils étaient jeunes tous deux; leur étreinte fut sincère et vive.

— Serais-tu dans l'embarras? demanda Robert Mornaix, dis vite, nous n'avons pas beaucoup de temps de parler de toi.

— Oui, répondit Roger, je suis dans un grand embarras.

— As-tu besoin d'argent?

— Non.

Tout de suite après cette réponse, Mornaix devint distrait.

— J'ai cru que tu allais manquer au rendez-vous ! dit-il d'un ton de reproche.

— Au rendez-vous? répéta Roger qui n'était pas à l'heure où l'on devine les charades.

— Eh ! oui, dit Mornaix avec impatience. Je suis allé chez toi, rue du Mail, n° 9. Il n'y avait personne. J'ai laissé une lettre, signée comte de Belbon...

— Ah ! interrompit Roger, tu as gagné la partie, là-bas, alors?

Mornaix ne répondit point, et acheva :

— La lettre te donnait un rendez-vous ici, à dix heures.

— Je n'ai pas reçu ta lettre, et je passe ici par hasard, dit Roger. C'est ma route.

— Où vas-tu?

— Me marier et acheter mon étude.

— Ah ! mais comme tu dis cela !

— Je dis cela comme cela est... je souffre.

Mornaix lui prit les deux mains et les sentit froides.

— Tu es bien pâle ! murmura-t-il.

— Je souffre, répéta Roger.

Mornaix resta un instant silencieux. Malgré sa préoccupation, Roger remarqua que les regards de son ami allaient et venaient avec une perçante inquiétude, interrogeant les alentours et aussi le lointain.

— Tu as peut-être aussi besoin de moi, dit-il, rendu à la bonté de sa nature.

— Peut-être, répliqua Mornaix.

Il ajouta en consultant sa montre :

— Nous avons une demi-heure. Conte-moi ton histoire.

Roger ne se fit pas prier. Avec la naïveté qui était en lui et que chacun de nous trouve aux heures d'angoisse morale, il établit le pauvre bilan de sa situation entre sa mère bien-aimée, Nannette qu'il voulait oublier, quoi qu'elle fût tout son cœur, Mlle Eudoxie qu'il allait épouser, et la charge de notaire qui était son bâton de maréchal. Ce qu'il y a de meilleur dans ces humbles récits de la vie réelle, c'est le détail; on peut même dire que tout est dans le détail. Chaque incident, ici, perd sa signification aussitôt qu'on le dépouille de la bourre qui l'enveloppe. Tout mot doit être dit selon sa note précise, avec le dièze ou le bémol qui en modifia si merveilleusement le sens, avec le sourire qui le ponctua, avec le geste qui en fut le costume et l'accent.

Or, Robert Mornaix ne voulait point de détails. Il prétendait juger sur l'exposé aride du fait, semblable en ceci à la plupart des arbitres, qui jamais n'ont le temps.

Il n'avait pas le temps.

Chaque fois que Roger voulait s'expliquer, analyser ou peindre, Mornaix consultait sa montre et lui fermait la bouche. Au bout d'un quart d'heure, Roger avait achevé, et, la cause entendue, Mornaix n'en savait pas le premier mot.

— Résumé, dit-il d'un ton tranchant : Tu crois aimer une petite personne qui t'a fait accroire ce qu'elle a voulu au sujet de ses parents, pauvres, mais honnêtes. Elle parle un français douteux, compris seulement dans le quartier des écoles, tu voudrais l'épouser, ta mère veut te marier sérieusement; toi, tu veux être notaire, et, à supposer que le notariat soit une serrure fermée, le mariage semble en être la clef. Seulement, le mariage suppose une femme, et tu n'aimes pas celle qu'on te propose. En foi de quoi te voilà penaud, ne sachant s'il faut aller à hue ou à dia, et plus enfant dix fois que nous ne l'étions au collége. A quoi donc as-tu perdu ton temps, mon copain?

Roger ne répondit pas. Mornaix fixa sur lui ses yeux étincelants, et demanda brusquement :

— Veux-tu faire fortune tout d'un coup?

— J'avoue que cela m'est à peu près égal, répliqua Roger d'un ton froid et doux.

Mornaix fronça le sourcil et haussa les épaulés.

— Avec la fortune, dit-il pourtant, tu aurais épousé ta Nannette.

— Oh! fit Roger, il n'y avait pas besoin de fortune pour cela. Si elle avait voulu, rien au monde ne nous aurait séparés jamais !

— Tu n'as pas changé depuis notre rhétorique, gronda Mornaix non sans quelque dédain; tu détestes toujours les aventures?

— Cordialement.

Robert Mornaix baissa la voix et ajouta :

— Eh bien ! frère, nos routes ne sont pas de celles qui se rencontrent. J'avais espéré mieux de toi.

— Frère, répliqua Roger, cela me fait plaisir de t'entendre m'appeler ainsi. Je n'aime pas souvent et j'aime longtemps. Ceux que j'aime ne peuvent jamais trop espérer de moi. Que veux-tu?

Il tendit la main à Mornaix, qui fixait de nouveau sur lui ses yeux de feu et semblait hésiter. Ce dernier reprit après un silence.

— C'est que... il s'agit d'aventures.

— Soit, dit Roger en souriant. Je n'en veux pas pour moi, mais je peux épouser les tiennes.

— De terribles aventures, poursuivit Robert.

— Soit, prenons-les terribles. Une fois qu'on y est, peu importe. Te souviens-tu de la prédiction de Thomas Stone?

La figure basanée du voyageur s'éclaira. Il secoua vigoureusement la main qui restait dans les siennes, et s'écria :

— Je retrouve mon Roger Bontemps !

— Et tu me fais l'effet, copain, d'avoir pleinement mérité ton nom de Robert-le-diable. Confesse-toi, je t'écoute.

Mornaix lança encore une fois à la ronde son regard rapide et attentif.

— Pas ici, murmura-t-il.

— Pourtant, il faut au moins que je sache...

— C'est un duel, un duel à mort, prononça Robert à voix basse.

— Et je serai ton témoin?

— Mieux que cela, peut-être.

— Garçon ! appela Roger.

— Que veux-tu, demanda Mornaix.

— Une plume, du papier et de l'encre, répondit Roger. Je veux écrire à ma mère et à mon patron, pour leur expliquer comme quoi il m'a été impossible d'aller ce soir signer mon acte de vente et mon contrat.

— C'est juste, dit Robert, les convenances... Tu es le plus charmant garçon que j'aie jamais rencontré en ma vie !

On apporta tout ce qu'il faut pour écrire, et Roger entama aussitôt sa correspondance.

— Tu étais bon tireur autrefois? lui dit Mornaix.

— J'ai beaucoup gagné depuis, laisse-moi écrire.

— Je te laisse. Tu montais bien à cheval?

— Je suis un *true rider*... laisse-moi.

— Fais, fais !... Tu traversais la Seine à la nage?

— J'irais sur le dos de Paris à Saint-Cloud... Bon ! voilà que je parle de Saint-Cloud à maître Piédaniel !

Il déchira sa lettre et recommença courageusement.

Là-bas, cependant, chez le notaire, on l'attendait toujours, et, de trois minutes en trois minutes, M#me# de Lavaur répétait à l'assistance impatientée :

— Il viendra. Je suis sûre qu'il viendra !

Roger avait déjà écrit quatre lignes, lorsqu'une voix prononça derrière lui, rapidement et tout bas en anglais :

— *It's done !* (c'est fait).

Il regarda et vit un homme, vêtu de toile et coiffé d'un large chapeau de paille, qui s'éloignait dans la direction de la chaussée. Mornaix s'était levé.

— Partons ! dit-il.

— C'est la seconde fois que j'entends parler anglais ce soir, dit Roger. Est-ce l'aventure qui commence?

— Partons ! tu finiras ta lettre là-bas.

— Là-bas ! où ?

— Viens !

Il entraîna Roger, qui fit un bouchon de sa lettre et répéta d'un ton résigné :

— C'est ça. J'écrirai de là-bas.

Au moment où ils quittaient la deventure du café Riche, un gaillard de haute taille, maigre comme un coucou, mais charpenté en athlète, sortit de la salle où il s'était tenu derrière eux, le dos tourné, et les suivit à vingt pas de distance.

Robert Mornaix, qui marchait très vite, se retourna plusieurs fois avant d'atteindre l'angle de la rue Lepelletier. Mais, dans un espace de vingt pas, sur le boulevard, il y a quarante passants. Notre homme avait abondamment de quoi abriter sa poursuite. Derrière l'Opéra, un fiacre attendait.

— Monte ! ordonna Mornaix à Roger.

Et tout de suite après, parlant au cocher :

— Palais-Royal, porte du perron !

Le fiacre partit au galop, A la grande surprise de Roger, le fiacre n'était pas vide. Il contenait cet homme qui portait un costume de planteur et qui avait dit en anglais : *C'est fait !* Roger espérait bien que cet homme et Mornaix allaient échanger quelques paroles en forme d'explication. Il n'en fut rien. Place de la Bourse, seulement, Robert dit :

— Voici l'ordre et la marche : Nous descendrons au perron. Toi, Malgache, tu enfiles le passage Radziwill, et tu descends la rue des Bons-Enfants; toi, Roger, tu prends la rue de Richelieu. Moi, je traverse le jardin... Je serai arrivé aussi vite que vous place du Palais-Royal, angle de l'hôtel du Louvre. L'autre fiacre est là.

— Ça va bien ! grommela Roger. Nous avons donc un régiment à nos trousses ?

Il lui fut répondu par un serrement de main qui semblait dire :

— La raillerie n'est pas de saison.

Le fiacre s'arrêta cependant au perron du Palais-Royal,

et tout fut exécuté de point en point, selon que Mornaix l'avait réglé. Quand Roger, après avoir descendu la rue de Richelieu à grandes enjambées, arriva au coin de l'hôtel du Louvre, ses deux compagnons étaient déjà en voiture.

Fouette cocher ! Ces deux fiacres étaient de choix, proba-blement, car leurs attelages brûlaient le pavé. La rue de Rivoli, la place de la Concorde, puis la grande avenue des Champs-Élysées furent parcourues au galop jusqu'au rond-point. Là, on prit l'avenue Montaigne.

— Avant-dernière porte à droite ! dit Mornaix au cocher.

L'instant d'après, le fiacre s'arrêtait devant l'entrée d'une sorte de chantier. Il y avait un couloir assez long, aboutis-sant à un jardin. Le Malgache avait pris les devants.

— Allons-nous encore changer de wagon? demanda Roger. Mornaix s'arrêta en tressaillant.

— N'a-t-on point marché là-bas derrière nous ! demanda-t-il avec une terrible inquiétude.

Ils prêtèrent l'oreille. On n'entendait rien que la brise de nuit, caressant la cime des arbres. Une maison était devant eux avec un petit perron coquet et un vestibule ouvert des deux cotés; ils montèrent le perron et traversèrent le vesti-bule, dont les portes se refermèrent aussitôt, les laissant dans une cour close d'un mur tout neuf. La porte cochère de cette cour s'ouvrait rue Bizet, à l'angle de la rue de Marbeuf.

A supposer qu'on fît, par derrière, comme c'était l'appa-rence, la chasse à nos trois compagnons, la fermeture de l'entrée et de la sortie du vestibule arrêtait tout net la pour-suite et forçait les limiers à faire le grand tour par le quai de Billy. Ce raisonnement vint à l'esprit de Roger.

Mais il n'eut pas le temps de bien réfléchir. Au milieu de la cour, éclairée par deux lampions posés à terre, une voi-ture encore stationnait. Deux vigoureux chevaux y étaient attelés. On allait, selon la propre expression de Roger, chan-ger une fois de plus de wagon.

Etrange wagon, celui-là, et dont les lugubres profils sont bien connus à Paris !

C'est un cabriolet, au dos duquel un appendice carré s'a-

joute, sorte de boîte où un être humain couché pourrait
tenir. Ce qui donne cette pensée. c'est que des trous sont
percés de distance en distance, comme pour favoriser la respiration d'un animal captif. Mais telle n'est pas la destina-
tion de ces trous. Le prisonnier qui habite ces boîtes ne res-
pire plus. On s'en sert pour faire voyager les cadavres, quand
une volonté pieuse de la famille ou un suprême caprice du
mort choisit un lieu d'inhumation lointain.

Tel était le véhicule dont l'aspect mit, il faut bien le dire,
un court frisson sous la peau de notre Roger Bontemps.

— Monte ! lui dit encore Mornaix.

Il monta dans le cabriolet. Le Malgache était déjà sur le
siège. Robert Mornaix prit place à son tour, le portail s'ouvrit à deux battants, et la voiture roula comme un tourbillon
sur le pavé du quai de Billy.

IV

LE CHEMIN CREUX

Roger Bontemps n'aimait pas les aventures. Quelqu'un qui eût aimé les aventures aurait trouvé peut-être que celle-ci manquait de charme et de gaieté. Involontairement, Roger songeait au fardeau qui était derrière. Il le voyait, dans sa prison carrée, misérablement balloté par les cahots du chemin. Etait-ce un homme ou une femme? Et pourquoi ces romanesques précautions pour faire voyager un objet qui, d'ordinaire, n'excite point la convoitise des malfaiteurs?

Une fois, Roger sentit un frisson qui courait par ses veines. Il s'était demandé : « S'agirait-il d'un crime? »

Nous parlons de ses réflexions parce qu'il n'avait personne à qui les confier, et de ses doutes parce que le moyen de les éclaircir lui manquait. Auprès de lui, dans le cabriolet, il n'y avait que cet homme appelé le Malgache, personnage taciturne, dont les traits durs et la face hâlée semblaient repousser d'avance les questions. Mornaix était sur le siège et conduisait à toute vitesse. Deux ou trois fois, Roger lui avait adressé la parole, et s'était attiré cette laconique réponse :

— Nous causerons là-bas !

La caravane roulante s'était, du reste, augmentée d'un nouveau membre, une sorte de gamin de Paris, costumé avec le sans-gêne de cette respectable caste, et que Roger avait entendu nommer Grelot dans la cour de la maison mystérieuse.

Grelot formait l'arrière-garde. Il naviguait à reculons, assis sur la boîte funèbre comme un artilleur sur son caisson. A moitié chemin de Versailles, Mornaix l'avait prié assez rudement de se taire, parce qu'il entonnait une chanson.

— Nous causerons là-bas !

Où là-bas?

Quelle figure avait-on dû faire chez maître Piédaniel? Roger, ayant du loisir, se mit à rédiger dans sa tête la lettre d'excuse qu'il devait écrire le lendemain, *là-bas*. Il pensa qu'une lettre ne suffisait point. Il en fallait trois : une pour le patron, une pour sa mère, une pour les parents de Mlle Eudoxie.

Et Nannette ! Son souvenir vint, triste et souriant à la fois. Roger, désormais. ne pouvait plus songer à autre chose.

On changea de chevaux un peu avant d'arriver à Versailles. Le relais attendait en pleine route. La ville fut traversée au grand galop. La nuit était noire. De larges nuages couraient au ciel. La route, jusque-là complètement sombre, s'éclaira vaguement à cette lumière de la lune voilée qui prête aux objets des formes étranges.

Mornaix, tout en faisant avec une remarquable habileté son métier de cocher, jetait sans cesse à droite et à gauche des regards inquiets. Plusieurs fois, il se leva debout sur son siège pour examiner la route parcourue. En ces occasions, il échangeait un mot avec Grelot, l'arrière-garde, pour se bien assurer que celui-ci veillait.

Au second relais, pendant qu'on dételait les chevaux fumants, Mornaix fit le tour de la voiture et Roger l'entendit qui parlait. La voix qui lui répondit semblait étouffée. Elle n'appartenait certes point à Grelot. C'était une voix de femme. Mais la course reprit bientôt et les chevaux frais dévorèrent la route.

— Naranja souffre, dit Mornaix en espagnol. Cela ne peut durer.

Le Malgache répondit, employant la même langue, mais avec le plein accent mexicain :

— Encore deux heures !

Roger, éveillé brusquement de sa rêverie, répéta comme s'il se fût interrogé lui-même :

— Naranja !

Puis il ajouta :

— C'est la deuxième fois que j'entends ce nom-là !

Mornaix se retourna sans ralentir la course de son attelage.

— Explique-toi ! dit-il.

Roger raconta en quelques mots ce qui lui était arrivé sur le parapet du pont, la conversation des deux inconnus, la peine extrême qu'il avait eue à traduire quelques bribes de leur anglais, et l'intérêt bizarre qu'il avait pris à cette énigme au plus fort de sa détresse.

— Qu'ont-ils dit de Naranja? demanda Mornaix, toujours précis et froid.

Roger interrogea ses souvenirs Les événements de cette soirée l'avaient étourdi, en vérité, comme un coup de massue. Quelques heures le séparaient à peine du moment où il avait vu Nannette pour la dernière fois, et cependant tout lui apparaissait au travers de ce voile qui recouvre les choses lointaines.

— J'aurai vécu dix ans, cette nuit ! murmura-t-il en appuyant ses deux mains contre son front.

— Qu'ont-ils dit de Naranja? répéta Mornaix.

— Je n'ai pas pu tout comprendre, répondit Roger.

— Qu'as-tu compris?

— Qu'ils poursuivaient quelqu'un avec une volonté implacable : un ennemi ou un criminel.

— N'ont-ils parlé que de Naranja?

— Ils ont parlé de l'homme qu'ils poursuivent... ils le nommaient *el conde*.

— C'est tout?

— Non. Je n'ai pas dit encore la chose qui m'a frappé le plus : ils ont aussi parlé de moi.

— De toi ! répéta Mornaix avec une nuance d'étonnement.

— De moi... à mesure que je cherche, leurs propres paroles me reviennent... Mais tu m'as dit que tu signais à présent comte de Belbon ! interrompit-il tout à coup. C'est toi qui es leur *el Conde*, peut-être?

— Oui, prononça froidement Mornaix. C'est moi qu'ils cherchent : ils m'ont suivi chez toi comme ils me suivent partout.

Il se leva d'un mouvement brusque et s'appuya d'une main à la capote du coupé pour interroger la nuit d'un long regard.

— Seraient-ils sur nos traces ! dit Roger, malgré tant de précautions !

— S'ils n'y sont pas, ils y seront, répliqua Mornaix.

— Ont-ils donc droit sur toi?

— Selon les pays le droit change, prononça lentement Robert Mornaix.

Il ajouta en s'adressant à Grelot :

— Toi, ouvre l'œil !

— Je veille, répondit Grelot. Voilà deux fois que je vois de la poussière au sommet des côtes, mais c'est peut-être le vent.

— Il a vu quelque chose ! dit le Malgache en espagnol.

Mornaix se retourna pour lancer un coup de fouet aux chevaux. La voiture allait comme le vent.

— Nous ne sommes pourtant pas chez les sauvages ! pensa tout haut Roger. Pourquoi prendre tant de peine quand on peut passer parole aux gendarmes?

Le Malgache eut un rire silencieux dans son coin.

— Copain, dit Roger, chacun son goût. Moi, je n'aime pas les gens qui rient quand on parle des gendarmes, et je prétends savoir...

— J'espère pourtant, mon cher monsieur de Lavaur, interrompit le Malgache en assez bon français, que nous ferons, nous deux, une paire d'amis avec le temps.

Roger resta muet de surprise.

— Je te présente, dit Mornaix, le seigneur Miguel Maria Torre. Les Smith ont dû parler du *digger*.

— Certes, fit Roger, le mineur ! ils s'occupaient énormément du mineur !

— C'est le seigneur Miguel Maria, frère de ma femme, ici présent.

Le Malgache souleva poliment son grand chapeau de paille. Roger salua en balbutiant :

— Ah ! tu es marié, copain?

Un coup de sifflet aigu et court retentit, Robert précipita aussitôt le galop de ses chevaux, mais au lieu de continuer sa course en ligne directe, il tourna au coude du premier chemin de traverse qui se présenta et le suivit pendant une cinquantaine de pas.

— Stop ! dit le Malgache. En voilà assez. Il faut savoir si c'est une fausse alerte. Qu'as-tu vu, Grelot?

Grelot ne répondit pas. Il n'était plus à son poste.

Le Malgache sauta à terre et marcha rapidement vers la grande route. Roger remarqua que son pas ne produisait aucun son. Mornaix aussi se laissa glisser sur le chemin en lui recommandant de tenir en bride l'attelage. Plusieurs minutes se passèrent. Un silence complet régnait aux alentours.

Dans ce silence, une voix douce, la voix que Roger avait entendue déjà au relais, appela Robert. Personne ne répondit. La voix appela une seconde fois et ses inflexions exprimaient une plaintive impatience. Roger descendit à son tour. Pour un garçon qui n'aimait pas les aventures, il était assurément mal servi.

La lune dépassait maintenant la cime des arbres; aucun nuage ne la couvrait; ses rayons tombaient d'aplomb sur la voiture. Roger regarda tout autour de lui; il écouta après avoir regardé; c'était l'apparence de la solitude la plus absolue. La voix s'éleva pour la troisième fois, disant :

— Robert, je t'en prie, ôte ce couvercle, ne fût-ce qu'un instant. J'étouffe !

Nos lecteurs souriraient si nous allions jusqu'à prétendre que Roger éprouva une bien vive surprise. Depuis longtemps déjà, il supposait que le funèbre compartiment ne contenait point une morte, mais tout se présentait à lui, cette nuit, sous une forme si bizarre qu'il vivait en défiance du témoignage même de ses sens.

Le quart d'une journée s'était à peine écoulé depuis qu'il montait le modeste escalier de Nannette. On était à l'heure où les cafés du boulevard vont se fermer. Mᵐᵉ de Lavaur, Mˡˡᵉ Eudoxie et Mᵉ Piédaniel devaient faire leur toilette de nuit. Et que pensaient-ils de son absence? Et Nannette?... Tenez ! pour moins que rien, il aurait juré que tout ceci était un cauchemar. Quand il eut fait le tour de la voiture, il put entendre distinctement une voix qui lui demandait :

— Est-ce toi, Robert?

Et comme il hésitait à répondre, mesurant instinctivement le danger aux incroyables précautions qu'il voyait prises, une plainte sortit du coffre. Roger prit le couvercle à deux mains et le souleva. Il ne vit d'abord qu'une figure d'enfant, qui essayait un sourire parmi les grosses larmes que la lumière de la lune brillantait sur sa joué comme des perles de cristal. Mais le sourire s'enfuit et une expression de vif effroi le remplaça bien vite. La jeune femme ferma les yeux et tout son corps trembla :

— Seigneur, mon Dieu, ayez pitié de moi ! murmura-t-elle, ce n'est pas Robert !

Puis un soupir faible s'échappa de sa poitrine et son corps cessa de tressaillir. Roger voulut la rassurer, mais elle n'entendait plus. Elle était évanouie.

Si les précautions prises étaient incroyables, nous avons déjà dit le mot, la terreur produite par le mystérieux ennemi était donc aussi bien profonde ! Roger sentit cela en dehors de tout raisonnement. Il se vit enveloppé par un ordre d'idées et de faits absolument inconnus et qui, du premier saut, franchissait la frontière du vraisemblable.

Y avait-il donc, en pleine France du dix-neuvième siècle, des périls contre lesquels l'organisation sociale ne peut rien? Le pays des Hurons commençait-il à dix lieues du boulevard de Gand? Quel motif avait pu porter Robert Mornaix à se priver de ces magnifiques et banales protections qui entourent tout le monde? Pourquoi jouer à cache-cache dans la campagne déserte? Les chemins de fer n'ont-ils pas supprimé pour le voyageur la solitude et la nuit?

Chez nous l'homme ne se protège plus lui-même; il n'a pas la permission de porter des armes. Cela dit tout. La loi, tutrice, est seule armée, de sorte que tout homme qui, chez nous, porte des armes et renonce à la publique tutelle de la loi encourt ce soupçon d'être l'ennemi de la loi.

« Il est pourtant des choses qui s'attaquent à la loi et que les mœurs de notre « beau monde » ne rangent point dans la catégorie des faits déshonorants. Un enlèvement, par exemple. Mais Mornaix avait dit : « Je suis marié ». Sa femme, c'était sa femme qu'il faisait voyager ainsi.

« Sa femme ! presque un enfant ! Jetée au milieu de ce roman brutal et sinistre ! L'idée de folie me vint. Elle ne tint pas. On suppose un fou, mais ils étaient trois, tous trois calmes, résolus et manifestement dirigés par une volonté réfléchie. L'un des trois était le frère de cette débile et charmante créature...

La lune éclairait distinctement l'intérieur de cette loge où, pour la première fois peut-être, une poitrine vivante respirait. Ce que Roger voyait n'était pas moins étrange que le reste. Un peignoir de soie rose dessinait la taille exiguë, mais gracieuse de Naranja. Une légère guirlande de fleurs s'enroulait dans sa chevelure abondante et plus noire que le jais. Elle était couchée sur un matelas de satin. C'était comme un lit de noces, souriant et heureux.

Mais le long du matelas, quatre longues carabines, deux à droite, deux à gauche, étaient emballées avec un soin minutieux. Et involontairement, Roger se dit : « Nous sommes quatre; il y en a une pour moi ».

Robert Mornaix ne lui avait point caché qu'il s'agissait d'un duel à mort : duel dans lequel lui, Roger, ne devait pas seulement être témoin, mais second.

Or, par vocation, il est bon de le répéter, Roger Bontemps était un notaire et non point un chevalier errant. Il vous eût soutenu cet axiome l'épée à la main, pour peu que vous l'eussiez voulu. Il trouvait toutes ces choses encore bien plus extravagantes que vous ou moi. L'aventure, en thèse générale, était son cauchemar, il se débattait là dedans comme un barbet qu'on baigne malgré lui. Mais l'aventure le tenait et le submergeait. Il avait beau faire : il y perdait plante.

Certes, on eût bien étonné M⁰ Denis-Tiburce Piédaniel si on l'eût éveillé en ce moment pour lui dire que son futur successeur était dans un chemin creux de la Brie, occupé avec une houri sonorienne, en costume de bal et voyageant au fond d'un cercueil.

Quand on a l'honneur d'être notaire et qu'on habite depuis trente-deux ans le même appartement de la rue Tronchet, on peut supposer Nannette et même rédiger au besoin son contrat de mariage; la mansarde voisine du Panthéon est dans la nature; mais Naranja ! Un rêve d'opium ! L'absurde !

Roger faisait de son mieux. Nous devons constater qu'à part le trouble causé par le côté moral de l'aventure et la vue de la jeune femme évanouie, il était aussi calme que s'il avait eu ses pantoufles aux pieds dans son cabinet de travail. Pas une seule fois la pensée ne lui vint qu'étant donnée la diabolique tournure prise par les événements, la sombre haie qui bordait le chemin pouvait d'un moment à l'autre s'illuminer à la lueur d'un coup de feu. Et si elle était venue, cette pensée, Roger n'eût fait ni plus ni moins.

Il souleva la tête de Naranja et l'appuya sur le bord de la caisse, protégée par le matelas. La jeune femme rouvrait déjà ses yeux, quand un bruit léger annonça le retour des voyageurs ou l'approche d'un étranger. D'instinct et comprenant qu'il était là sentinelle en faction, il saisit une des carabines qu'il dépouilla de son étui. Le chien relevé lui montra une capsule brillante. L'arme était chargée. Il attendit, sûr d'elle et de lui-même.

Trois formes se dressèrent autour de lui sans qu'aucun mouvement, autre que le premier bruit, eût trahi leur approche.

— Bravo ! dit Mornaix. Mais tu aurais été scalpé comme un ange, en attendant ! Une autre fois tu feras mieux. Il faut l'apprentissage.

— J'avais entendu un frôlement de branches... répliqua Roger.

Les trois compagnons se regardèrent, et le Malgache reprit d'une voix basse et inquiète :

— Alors il y a ici une autre personne que nous !

Et, sans se consulter d'avantage, il disparut derrière la haie de droite, tandis que Grelot, comme une couleuvre, perçait la haie de gauche. Mornaix restait seul avec Roger.

— C'était une fausse alerte, là-bas, dit-il : deux gendarmes à cheval.

Puis il ajouta en regardant Naranja qui lui souriait comme en un rêve :

— Tu as vu ma femme, copain? C'est une étonnante histoire, va !

Naranja lui parla à l'oreille.

— Si fait, si fait, répondit Mornaix, tu le connais : c'est Roger Bontemps, mon copain de collége Henri IV... Je t'ai assez parlé de lui !

Naranja tendit sa belle petite main à Roger et dit :

— J'ai eu grand'peur. J'avais cru reconnaître un des hommes du *Saint-Jean-Baptiste.*

— Señor Conde, ajouta-t-elle d'un petit ton impérieux, quand il s'agirait de la vie, je ne veux plus rester là dedans. Ce n'est pas ce que j'ai dit : on n'étouffe pas; il y a de la place et de l'air. Je sais bien que la voiture est neuve et n'a jamais servi, mais jouer ainsi à la morte, c'est péché; cela doit porter malheur !

— Au pays de Naranja les femmes sont braves et ne craignent pas le martyre, mais dès qu'il s'agit de mauvais présages... Allons ! Roger ! un coup de main ! La señorita a dit : je veux !

— Ce n'est cependant pas pour plaisanter que tu as employé un pareil stratagème? objecta sérieusement Roger.

— Certes, mais ceux qu'il s'agissait de tromper sont loin, et Mme la comtesse risquerait mille fois sa vie, la sienne et la nôtre par-dessus le marché, pour ne pas dîner treize à table !

Naranja protesta par une petite moue, mais elle se laissa enlever comme une enfant, et les deux amis la portèrent dans le coupé.

— C'est un vendredi, murmura-t-elle, que j'ai vu ma mère pour la dernière fois.

— Rien ! dit Grelot qui reparut derrière la voiture.

— Rien ! répéta le Malgache. M. de Lavaur se sera trompé.

La voiture tourna et regagna la grand'route au galop.

Quand le bruit des roues se fut étouffé au lointain, un sifflement doux et cadencé tomba de la cime d'un chêne à vingt pas, environ, du lieu où la halte s'était faite. Un hennissement lointain répondit. De l'autre côté du champ qui bordait le chemin creux, sur la droite, il y avait un taillis. Un magnifique cheval bondit hors des branchages et traversa le champ au petit galop. Les branches du chêne bruirent : Roger ne s'était pas trompé.

Le pied d'un homme toucha terre, sous l'arbre, à l'instant même où le beau cheval arrivait, caracolant et se jouant. L'homme se mit en selle. Quelques minutes après, il rejoignait deux cavaliers qui attendaient, immobiles, sur la lisière de la grand'route.

Ces trois compagnons étaient de haute taille et campés sur leurs montures comme les hommes de bronze des groupes équestres. Ils échangèrent quelques brèves paroles, puis leurs chevaux partirent du même élan, comme s'il se fût agi d'une course au clocher, et ils disparurent au milieu d'un nuage de poussière en suivant la route que la voiture avait prise.

V

LA VIEILLE MAISON

Il y avait désormais plusieurs changements dans la voiture qui emportait notre petite caravane. Miguel, le Malgache, occupait l'emploi de cocher; Grelot, le gamin de Paris, avait pris la place de Naranja sur le matelas de satin et dormait comme un juste, ce qui ne l'empêchait point de répondre distinctement : « Je veille » chaque fois qu'on lui donnait le mot d'alerte.

Dans le coupé, Naranja était entre Roger et Robért. Elle sommeillait, la tête appuyée sur l'épaule de son mari. Les deux amis respectaient son repos : Roger songeait à Nannette et à la possibilité d'acheter l'étude à crédit. Le restant du voyage fut court; aucun incident ne le troubla. Quatre heures après avoir quitté Paris, la voiture prit une route de troisième classe qui longeait les murs d'un parc. C'était le quatrième relais. Par-dessus les murs, on voyait de splendides futaies. Robert dit tout bas à Roger :

— Regarde bien cela.

L'attelage excellent, et poussé à toute vitesse, courut le long de ces murailles près d'une demi-heure. Deux ou trois fois Mornaix demanda : Trouves-tu cela beau?

Une grille se présenta, entrée vraiment royale, qui laissa voir une immense avenue de chênes géants, alignant à perte de vue sa nef immense qui avait le ciel pour clef de voûte et ses doubles-côtés perdus dans la nuit. Miguel ralentit le pas des chevaux en passant devant cette grille, au bout de laquelle la lune illuminait avec mystère les cent croisées d'un monumental château.

— Trouves-tu cela beau? demanda encore Mornaix.

Puis, après la grille, flanquée d'un admirable pavillon en briques rouges, prouvant que la place royale de Paris n'était pas le dernier mot de l'art au temps de Louis XIII, un large saut-de-loup remplaçait le mur.

Un parc anglais ajoutait sa féerie aux solides splendeurs du parc français. La lune caressa le velours des pelouses, nivelées de main d'homme où, par intervalles, des groupes d'arbres s'élevaient, juste à leur point pour faire paysage : car la poésie de ces charmantes idylles joue à la nature comme les enfants jouent à l'homme. Elle copie des tableaux avec de la terre, des chênes, de l'herbe et de l'eau, poussant même l'amusette jusqu'à convoquer des bestiaux de parade et du gibier pour rire.

Mais ceci était grand et luttait avec la nature. Aussi loin que le regard pouvait aller, la rivière déroulait son large ruban d'argent, et l'étang qui allait perdant son cristal dans l'ombre semblait un lac.

— Trouves-tu cela beau? demanda une troisième fois Robèrt Mornaix.

Et quand l'attelage eut repris son allure rapide, il ajouta :

— Tout cela c'est le domaine de Belbon dont mon père fut l'intendant, dont mon aïeul était le maître. Mon père est mort, à force de contempler ce paradis perdu. Je n'ai plus de mère. J'ai juré que le portrait de mon père et le portrait de ma mère seraient dans le grand salon du château, et je me suis dit que Naranja aurait tout cela pour cadeau de noces.

— Est-ce que nous allons conquérir ces plaines et ces futaies à coups d'épée? demanda Roger. Tu ne parles plus de ton duel.

Mornaix soupira et répondit :

— Patience !

C'était enfin le bout du parc. La voiture tourna l'extrémité

occidentale du saut-de-loup auquel succédait brusquement
un mur en ruine, doublé d'une haie de ronces et s'engagea
dans une coulée d'aspect sauvage qui descendait dans le vallon.
La voiture s'arrêta tout à coup, bien qu'il n'y eût point d'apparence d'habitation, et Mornaix dit :

— C'est ici la maison de mon père.

On entendit, en effet, derrière un haut talus, planté d'or-
mes et bordé par une mare, un bruit de sabots et les aboie-
ments d'un gros chien. Une porte invisible roula sur ses gonds
et une voix cria en patois percheron :

— Faut tourner la murette; le chemin est bon assez !

Miguel poussa l'attelage et la voiture tourna en craquant
pour passer sous un grand sureau qui masquait l'angle de « la
murette. » Une porte de ferme était derrière. La voiture entra
dans la cour et le gros chien se tut. Il vint en rampant rôder
autour de Robert Mornaix.

— Tout de même, dit la voix, la bête a senti notre monsieur !

Une énorme lanterne, qui se balançait à la main d'une paysanne, vint éclairer la scène. La paysanne était debout sur un
perron formé de trois marches d'ardoise au-dessus desquelles
s'ouvrait l'entrée principale de la maison : un véritable manoir
de l'Ile de France, bien autrement antique que le château
voisin.

— Salut à tous, dit la bonne femme. Les lits sont blancs
et le réveillon vous attend.

Mornaix répondit en sautant à terre :

— Bonsoir, Vincent; bonsoir, veille Madeleine.

Au son de sa voix, le gros chien tendit le cou et poussa un
long hurlement de joie.

— Bonsoir aussi, Turc, mon vieux, ajouta Robert en lui
donnant une caresse.

Vincent, l'homme aux sabots, se mit à dételer. Madeleine
éclairait Miguel qui soutenait Naranja. La bonne femme
n'avait pas assez d'yeux pour la regarder, si jolie dans sa robe
rose.

— La voiture dans la grange, dit Robert Mornaix à Vincent;

les chevaux à l'écurie, les portes fermées à double tour et Turc lâché en liberté toute la nuit. Si quelqu'un frappe, visage de bois.

Il appela Grelot de la main et ajouta à voix basse :

— Les carabines toutes prêtes !

L'instant d'après, tout était silence et solitude autour de la maison, dont la lune déchiquetait les bizarres profils. Vincent et Madeleine se regardaient tout interdits dans la cuisine.

— Notre monsieur ne revient pas au pays pour longtemps, dit Madeleine avec un soupir.

Vincent secoua sa tête grise coiffée du bonnet de laine, et répliqua :

— J'ai de la tristesse dans mon idée, et je suis comme quand il y a un malheur.

— Viens nous coucher, opina Madeleine.

— Non, répliqua le bonhomme. Notre monsieur veut qu'on fasse une ronde toutes les demi-heures, sans chandelle, dans la cour et le verger.

— La jeune madame a l'air qu'on l'a enlevée, murmura Madeleine.

— Et as-tu vu celui qui a un chapeau de paille? C'est noir comme le démon !

— Et le grand blond a demandé pour écrire...

— Ça ne dort pas la nuit !

— Toutes les portes fermées à double tour !

— Visage de bois si on frappe !

Ils tressaillirent tous deux parce que le vieux chien Turc poussait au dehors un long et plaintif hurlement.

— La bête n'avait pas geint comme ça, dit tout bas Madeleine, depuis la nuit où la défunte madame passa.

Ils firent ensemble le signe de la croix et ne parlèrent plus pour écouter mieux; mais aucun bruit nouveau ne vint rompre le silence de la nuit.

Comme beaucoup de manoirs, dont la construction remonte à une époque reculée, la maison Mornaix était située dans une sorte de trou. De trois côtés, on pouvait parcourir en tous sens la campagne environnante sans apercevoir ses toits pointus et ses pigeonniers surmontés de girouettes. Vers l'ouest seulement un vallon humide, où croissaient de grands peupliers, laissait une échappée de vue à demi ouverte, et montrait la rivière d'Eure qui coulait à cinq cents pas de là.

Si par hasard quelqu'un eût cheminé, à pareille heure de nuit, dans les sentiers mouillés de la prairie, il eût distingué, à travers les arbres, l'étrange silhouette de la gentilhommière, découpant sur le ciel les lignes tourmentées et noires de ses profils. Aucune lumière ne paraissait aux fenêtres; mais le mur d'une petite tourelle intérieure, frappé par un reflet, trahissait au moins une lampe allumée. Dans le champ de clarté dessiné carrément par la lampe, une ombre se mouvait.

Ils étaient deux, pourtant, dans la chambre éclairée, mais Mornaix seul se promenait de long en large, Roger Bontemps, assis devant une table, recommençait fidèlement la lettre que le départ de Paris avait interrompue. Il s'agissait, nous le savons, de présenter des excuses à qui de droit, et d'expliquer pourquoi, en sa double qualité de fiancé de Mlle Eudoxie et de successeur de Me Piédaniel, Roger avait manqué une paire de rendez-vous.

Roger avait à sa disposition du papier jauni dans l'armoire, une plume d'oie impossible, et de l'encre trouble, recouverte d'une épaisse couche de moisissure. Il avait mis un quart d'heure à dater, ce qui lui laissait le loisir de polir son style. Il avait écrit :

« Gilliers-Saint-Martin, près Nogent-le-Roy (Eure-et-Loir). »

— Il y a encore une bonne trotte d'ici à la rue Tronchet, dit-il en déposant la plume pour prendre un peu de repos. Maître Piédaniel est assez intelligent pour comprendre...

— Laisse-nous la paix, avec ton maître Piédaniel, interrompit brusquement Mornaix, qui vint se camper devant lui, debout et les bras croisés sur sa poitrine. Causons.

— J'avoue, répondit Roger, que j'ai un peu sommeil. Si on doit se battre demain...

— Demain ou après; peut-être cette nuit.

Roger poursuivit.

— Je vais te dire ; chaque fois que je songe à Nannette, j'ai envie de pleurer comme un bénêt.

Mornaix reprit sa promenade. Roger écrivit :

« Mon cher monsieur Piédaniel, des circonstances fortuites, dont vous voudrez bien donner le détail à maman... »

Mornaix était derrière lui et lisait par-dessus son épaule.

— Maman ! répéta-t-il en éclatant de rire. Grand dadais !

Roger effaça *maman* pour mettre *ma mère*, et rougit. Mornaix s'assit.

— Tu penses bien, dit-il, que je ne t'ai pas dérangé pour des prunes. Laisse ta lettre. Je vais te raconter des choses qui t'empêcheront de dormir !

— Tant pis ! murmura Roger.

— Comment trouves-tu ma femme ?

— Bien faible et bien pâle.

— C'est tout ?

— Et jolie...

— C'est heureux, à la fin !

— Presque aussi jolie que Nannon !

— Elle est meilleure que jolie, brave autant que bonne et forte encore plus que brave. Elle a fait une fois deux cents lieues à mes côtés dans le désert.

— Sur ces petits pieds-là ! dit Roger attendri.

— C'est le pays des épopées, là-bas, reprit Mornaix, dont les narines gonflées semblaient appeler une atmosphère âpre et lointaine, c'est la terre des grandes aventures !

— En fait d'aventures, dit Roger Bontemps, je ne les aime ni grandes ni petites.

— Notaire ! gronda Mornaix. Si une fois tu étais là-bas...

— Quand tu m'auras perdu, copain, ne va pas m'y chercher. Mais on a parlé dans la chambre de ta femme. Écoute !

— Naranja ! appela Mornaix, dont la voix s'adoucit tout à coup.

N'ayant point de réponse, il prit la lampe et ouvrit la porte de la chambre voisine, où l'on avait fait le lit de la jeune femme. Pendant cela, Roger continuait sa lettre.

« ... A ma mère, m'ont empêché, bien malgré moi, d'être exact au rendez-vous d'hier au soir... »

— Viens voir ! dit Mornaix arrêté sur le seuil.

Le lit était tout proche, un vieux lit carré à supports guillochés, dont le bois, noirci par le temps, avait le poli de l'ébène. Naranja était étendue tout habillée et dormait, la tête baignée dans les boucles de ses cheveux noirs. Mornaix la contemplait en souriant.

— Tu l'aimes bien? demanda Roger avec émotion.

Il y a des gens qui n'aiment pas montrer les battements de leur cœur. Mornaix répondit :

— Naranja représente pour moi une tonne de poudre d'or.

Roger eut le frisson comme si une douche d'eau glacée l'eût enveloppé de froid.

— Ah ! fit-il d'un ton sec. Et combien pèse une tonne de poudre d'or?

— Cela dépend des fûts. La mienne peut peser quinze cents kilos.

— Une si petite femme ! Et cela fait en argent?

— A trois mille quatre cents francs le kilo, cela donne cinq millions, plus une fraction.

Roger Bontemps pirouetta sur ses talons. Mornaix referma la porte et le suivit.

— S'il s'agissait d'un tonneau de jauge, continua-t-il gravement, il faudrait parler de soixante-quatre millions... mais tu ne m'écoute plus?

— Non, répliqua Roger. J'annonce à ceux qui m'attendaient hier que le rendez-vous est pour demain.

— Ce sera une lettre perdue, dit tranquillement Robert.

— Pourquoi cela?

— Parce que tu n'iras pas à ce rendez-vous.

— Je suppose que tu ne comptes pas me retenir malgré moi?

— En aucune façon.

— En ce cas, comme je ne me sens aucune vocation pour les affaires de poudre d'or...

— Naranja est ma femme, interrompit Mornaix d'un accent profond. Je mentirais si je disais que je n'ai point la passion d'être riche, car je veux pour elle toutes les joies de la terre. Mais regarde-moi bien dans le blanc des yeux, comme nous disions au collège : j'aime ma femme pour tout l'or enfermé dans les entrailles du globe !

Roger posa sa plume sur la table.

— Chacun aime à sa manière, murmura-t-il. Moi, l'idée de marchander Nannon ne me serait pas même venue.

Mornaix eut un geste de colère. Roger dit :

— Laissons cela. Si j'ai mal parlé, je t'en demande pardon. Pour le moment, de quoi est-il question? De Naranja ou de la tonne de poudre d'or?

— Des deux... et de ce splendide domaine autour duquel nous avons galopé pendant une heure. As-tu vu ce carré blanc suspendu à la grille?

— Non. Le domaine est en vente?

— Au prix de trois millions.

— A vue de nez, c'est cher.

— Je le payerais le double.

— Charge-moi de cette affaire-là. Si tu as tes cinq millions, plus une fraction, nous pourrions traiter au comptant.

— Mais je ne les ai pas.

— Tu disais que la dot de ta femme...

— Notaire ! Une dot ! Naranja !

— Où donc est-elle la tonne de poudre d'or? demanda Roger.

— A trois mille lieues d'ici, plus une fraction.

— Au diable tes fractions !

— As-tu encore sommeil?

— Non.

— Tant mieux, car il est urgent de veiller, dans la situation où nous sommes.

— Dans quelle situation sommes-nous? Je ne vois rien, je ne devine rien. Me feras-tu la grâce à la fin de m'expliquer quel jeu nous jouons?

— J'allais te le proposer, dit Mornaix qui prit dans une armoire un flacon avec des verres et déposa le tout sur la table.

— Alors, l'histoire est longue? soupira Roger.

— Assez. Allume un cigare.

Une vieille pendule à poids qui grognait au fond de son armoire vitrée sonna trois heures après minuit.

Roger repoussa son papier d'un geste résigné, disant :

— Je finirai ma lettre au jour. Raconte-moi le gros, n'est-ce pas, le nécessaire, en passant par-dessus les aventures, si tu ne veux pas que je ronfle.

Il détestait terriblement les aventures !

VI

NUIT DE VEILLE

Avant de commencer son récit, Robert Mornaix ouvrit la fenêtre qui donnait sur les jardins. Il siffla doucement et un bruit pareil lui répondit aussitôt. Il y avait une sentinelle sous la croisée. Roger, tournant son regard de ce côté, aperçut des cimes d'arbres, éclairées par la lune, un toit pointu et un clocheton de forme carrée. Le silence le plus profond régnait au dehors.

— Ah çà, dit-il quand Mornaix revint après avoir fermé la fenêtre, tes gaillards ne dorment donc jamais !

— Pas souvent, répliqua Robert, mais ils se dédommageront à bord.

— C'est juste, trois mille lieues de traversée, plus une fraction. Je te prie d'excuser ma curiosité : Cette vieille maison n'a pas bonne mine, la nuit. Est-ce que tu craindrais une attaque à main armée?

— Oui, répondit Mornaix tranquillement, une attaque à main armée est tout à fait dans l'ordre des choses possibles.

En s'asseyant, il ajouta d'un ton rêveur :

— Ce sont des diables pour suivre une piste. Et à tout prendre, peut-être vaudrait-il mieux en finir d'un seul coup.

— Il y a une carabine pour moi je suppose?

— Et une bonne ! répliqua Mornaix en lui serrant la main.

Roger lui rendit son étreinte cordialement et prit un visage moins morose.

— Du moment qu'on est fixé, murmura-t-il, cela soulage. Cause, maintenant, je t'écoute.

Mornaix, emplit les verres et prit la posture d'un homme qui va entamer une longue histoire.

— Si je commençais par le commencement, dit-il, nous en aurions pour jusqu'à demain au soir. C'est un drôle de pays, là-bas...

— Y a t-il des notaires? demanda Roger.

— Oui, mais il faut passer un examen pour le maniement du revolver à six coups. J'en ai connu un qui savait son métier sur le bout du doigt. Il était en même temps mon boucher à San-Francisco et me vendait, ma foi, du jarret de bœuf à sept francs la livre. Quand on manquait de viande, il portait des madriers sur son dos et célébrait le service divin pour les anabaptistes, dans sa grange où il jouait de l'accordéon les jours de bal. Il est maintenant colonel, peut-être même brigadier, depuis le temps, à moins qu'on ne l'ait pendu : c'était un garçon d'avenir.

Il but une gorgée et répéta d'un accent solennel :

— Là-bas, c'est un drôle de pays, mais je ne sais par quel bout prendre mon histoire !

— D'après ce que je vois, dit Roger, dans ton histoire il est absolument impossible d'éviter les aventures.

— On s'y fait, moi, je trouvais déjà l'existence monotone là-bas. Ce que j'appelle une aventure, vois-tu, c'est de signer un contrat de mariage avec une demoiselle qu'on ne connaît pas et d'acheter trois cent mille francs la coque d'un garde-notes où l'étude d'un limaçon quand on a la taille, la figure, l'esprit et le cœur d'un homme.

Roger soupira gros.

— La demoiselle, je ne dis pas, murmura-t-il, mais l'étude de !... ah ! l'étude !

— J'ai trouvé le joint pour absorber notre affaire ! s'écria Mornaix qui battit des mains. Je serai clair, concis et bref,

Si nous n'avons rien de nouveau cette nuit, tu pars au petit jour...

— Tout seul?

— Naturellement. Ces coquins-là ne te connaissent pas; tu passeras comme une lettre à la poste. Tu prend Dreux, puis Évreux, où tu changes de cheval en mangeant un morceau...

— Je n'ai pas faim, dit Roger.

— Comme tu voudras. Tu piques au Neubourg et de là à Pont-Audemer où tu n'as plus qu'une enjambée pour attraper Honfleur, tu demandes le patron Renard, un vieux loup qui était second maître à bord du clipper de la compagnie du Havre, quand je pris passage pour New-York, dans le temps. Il est retraité. Il doit avoir un côtre, un chasse-marée, une cabotaine, enfin quelque chose pour gagner sa vie et pester contre le vent debout. Tu lui dis : « je n'aime pas la vapeur »; il comprend ça; « je veux passer en Angleterre sur une bonne barque à voile qui sente le roulis, qui abatte au tangage; c'est mon agrément et il y a des dames. » Il t'embrassera. Tu donneras des arrhes, et tu feras en sorte que son bateau soit paré à descendre avec la marée. Ça te va-t-il?

— Oui, dit Roger. Et après je serai libre?

— Parbleu ! Tu es libre dès à présent, copain, si tu veux.

Roger fronça le sourcil.

— Je n'ai pas mérité ce mot-là ! dit-il.

— Eh bien ! non ! tu ne seras pas libre. Ma femme doit être pour toi une sœur...

— Et je l'aime déjà comme si j'étais son frère.

Mornaix l'embrassa sur les deux joues.

— Sans ta fringale de notariat, dit-il avec émotion, quel amour de garçon tu serais ! As-tu quelque chose à demander pour ta gouverne?

— Non, tout ça est clair; seulement, ça ne m'a rien appris.

— Comment !

— Je ne sais pas pourquoi ces gens-là te poursuivent.

— C'est juste.

— Ni qui ils sont.

— C'est vrai.

— Ni comment il se fait que tu détales devant des malfaiteurs : car je suppose que ce sont des malfaiteurs...

— Tu peux bien le jurer !

— Que tu détales devant eux comme le gibier allonge devant les chiens, en pleine France, au dix-neuvième siècle,
où la culture du gendarme est si prospère.

Mornaix se gratta franchement l'oreille.

— Copain, dit-il, j'ai peur d'avoir bien de la peine à t'expliquer cela. Tu dois être d'avis, toi, que la civilisation vaut
mieux que la sauvagerie.

— Mais oui, répliqua Roger en souriant, c'est un peu mon
opinion.

— Et tu la proclames avec un sourire de notaire ! Tu as
de bons auteurs de ton côté. Moi-même qui te parle, je trouve
que le boulevard des Italiens est un endroit agréable où l'on
peut se procurer les biens de la vie plus commodément qu'au
sein des forêts. Néanmoins je ne suis pas entièrement fixé,
et je vais te pousser un argument personnel, comme on dit
au collége : A la santé de Nannon !

Roger tressaillit et son verre trembla en choquant celui de
Mornaix.

— N'y a-t-il pas eu entre vous deux, poursuivit ce dernier, quelqu'un ou quelque chose, un obstacle vivant ou
non, mais à coup sûr civilisé?

— Non, interrompit Roger. Je te l'ai dit : si elle avait
voulu, elle serait ma femme.

— Et aucun civilisé ne s'intéresse à toi suffisamment pour
avoir essayé de poser un garde-fou au-devant de l'abîme où
tu allais te casser le cou, notairement parlant?

Roger passa la main sur son front et se mit à réfléchir.

Puis, tout à coup, il se jeta au cou de Mornaix en s'écriant :

— Il y a maman ! tu m'éclaires ! voilà qui vaut bien des
tonnes d'or !

— Second argument, dit Mornaix, puisé dans les entrailles
mêmes du sujet : Je suppose que nous soyons là-bas dans la

prairie et que trois assassins nous poursuivent, que faisons-nous ! Nous avons des armes et de la tête, nous intervertissons les rôles; nous attaquons à notre tour. En prenant un peu sur la gauche, ou sur la droite, nous les laissons passer et nous les couchons proprement dans l'herbe, incapables de nuire désormais : voilà pour la nature. En civilisation, c'est différent. La loi veut des preuves. Vous avez beau savoir de science certaine que Jean, par exemple, a fait dessein de vous poignarder, la loi à laquelle vous vous adressez répond : « Dès que ce Jean vous aura bel et bien poignardé, ne manquez pas de revenir et de porter plainte...

— Tu exagères ! fit Roger.

— Très bien ! ce mot là est facile à dire et il y a des mots qui mènent loin. Moi je crois aux faits plus qu'aux mots. Je peux être sauvage à l'occasion, mais à l'occasion seulement et quand il le faut. Le reste du temps je suis un jeune homme bien élevé. Je me suis adressé à la loi, représentée par le magistrat qui veille à la sûreté publique. J'ai exposé qu'il y avait en France une certaine quantité d'hommes, libres de ces entraves qu'on nomme la morale, la religion, etc. : des bandits, en un mot, dans toute la force du terme : je les ai désignés par leurs noms, j'ai fourni leurs signalements, et j'ai déclaré que leur intention formelle était de s'emparer de ma femme légitime qui représentait pour eux une somme de soixante-quatre millions de francs...

La figure de Roger exprima un malaise.

— On a dû te prendre pour un fou, prononça-t-il avec une certaine répugnance.

— Précisément : un fou. Ce mot là est encore très facile à dire et conduit énormément loin. Et cependant, quoi de plus logique? Moi je sais que la tonne contient quinze cents ou tout au plus deux mille kilogrammes de poudre d'or, ce qui donne de cinq à sept millions, en négligeant les fractions. Mais les hommes dont je parle sont des marins; ils prennent le mot tonne dans son sens technique...

— Ils savent donc?... voulut demander Roger.

— Ils ne savent pas où est la tonne, interrompit Mornaix

qui faisait un effort sérieux et sincère pour rendre son explication catégorique. Ils savent qu'il y a quelque part une tonne d'or. La tonne est, pour eux, un contenant jaugeant mille kilos d'eau et par conséquent, eu égard à la proportion des densités, dix-neuf mille kilogrammes d'or, c'est-à-dire, à leur estime, de quoi défoncer tous les barils de rhum du globe, de quoi briser toute la vaisselle de tous les cabarets des deux mondes, de quoi acheter une montagne de plaisir haute comme le Chimboraçao, de quoi flamber un punch large et profond comme l'Océan, en un mot, de quoi entamer une orgie absurde, enchantée, sanglante, ivre, infernale, dont une existence de cent ans pourrait atteindre le terme !

Mornaix essuya son front qui était pâle.

— Jc comprends, dit Roger, secoué par un rapide frisson. C'est insensé, mais ce doit être vrai.

— C'est vrai, comme il est vrai que cette lampe nous éclaire ! prononça Mornaix avec une sombre énergie. Tu as dit le mot, nous sommes, Naranja et moi, un gibier poursuivi par des chiens, en pleine France, au dix-neuvième siècle, sous le nez des gendarmes, par devant notaire !

— Pas encore notaire, soupira Roger, et qui sait si Me Piédaniel ne traitera pas avec le second clerc? Mais ton affaire est plus importante que la mienne...

— Crois-tu? dit Mornaix non sans amertume.

— Il est évident, reprit Roger, qu'un magistrat n'a pas pu donner grande attention à un roman si invraisemblable. Ces choses-là ont lieu peut-être, de temps en temps, dans les savanes du nouveau monde, jamais autour de Paris. En conscience, nos commissaires de police ne sont pas institués pour protéger les tonnes d'or, cachées à trois lieues de la préfecture, et d'un autre côté, toute action de police s'arrête devant le grand principe de la liberté individuelle. La société n'a qu'un droit, celui de surveillance.

— Et penses-tu que la société ait établi beaucoup de surveillants ici autour? A l'heure qu'il est, je ne vois pas grande différence entre la campagne française et les savanes du nouveau monde : une paire de gendarmes, çà et là, des gardes champêtres ronflant dans leur lit... pour empêcher les frères Smith de passer, il faudrait une demi-douzaine de brigades, et encore....

— Ah çà ! dit Roger qui prit son verre d'un geste tout ragaillardi, tes frères Smith sont donc de bien déterminés lurons ?

— Mineurs, marins, batteurs d'estrade, moitié Comanches, moitié Yankees, ce sont des démons, tout uniment !

Roger se frotta les mains.

— Je n'aime pas les aventures, pensa-t-il tout bas, mais assommer un chien enragé, ça peut arriver à tout le monde. Il y a pourtant une chose qui me gêne et que je voudrais éclaircir : ils sont intelligents, tes limiers ?

— A leur manière, souverainement intelligents.

— Alors quel bénéfice peuvent-ils avoir de vous assassiner, ta femme et toi, puisqu'ils ne savent pas où est la tonne de poudre d'or ?

— Il faut distinguer : moi, le bénéfice est clair et n'a pas besoin d'être expliqué. Ma femme, c'est différent. Ils veulent la prendre vivante...

— Pour la faire parler ?

Mornaix ne répondit que par un signe de tête. Des gouttes de sueur perlaient à son front.

— Mais si elle ne veut pas parler ? insista Roger.

— Ils ont la torture, articula péniblement Mornaix.

— La torture ! répéta Roger révolté en se levant malgré lui.

— Ils pensent, acheva Mornaix dont la voix s'altérait, qu'il n'y a point de femme capable de garder un secret dans la torture.

— De par tous les diables ! gronda Roger, je ne dors pas, pourtant ! La torture ! cette frêle et gracieuse enfant ! Des sauvages dans la Beauce ! le grenier de la France ! Prenons les carabines, et chargeons à fond sur ces abominables coquins, ce sera ma première et dernière aventure ! J'ai besoin de casser une tête ou deux, ma parole d'honneur !... Je t'en prie, viens ! Est-ce que tu ne veux pas venir ?

Mornaix le regardait en souriant froidement.

— Aller où? murmura-t-il.

Il commanda le silence d'un geste impérieux au moment où Roger ouvrait la bouche pour répliquer. On grattait doucement à la porte qui s'entrouvrit presque aussitôt, montrant la sombre tête du Malgache. Celui-ci entra et traversa la chambre d'un pas furtif. Il mit le goulot de la bouteille dans sa bouche et but une large lampée.

— Quoi de nouveau, Miguel-Maria? demanda Mornaix.

— Vous êtes mal placés là, répondit le Malgache. On vous découvre de trois endroits : du verger, du talus qui borde le chemin et du sommet de la rampe : on aurait pu faire coup double.

Il prit la table et la porta contre la muraille entre les deux fenêtres.

— Il n'y avait qu'à éteindre la lampe, opina Roger.

Miguel mit sur lui son œil ardent comme on regarde les enfants qui laissent parler la naïveté de leur âge.

— La lampe nous garde, répliqua laconiquement Mornaix.

Selon les indications de Miguel, il choisit avec soin, le long de la muraille, deux nouvelles places pour mettre les fauteuils. Roger fut prié de prendre un de ces sièges, et les deux beaux-frères se tinrent debout près du lambris.

— Il y a donc quelque chose? demanda pour la seconde fois Mornaix.

Roger était désormais tout oreilles. Le Malgache ayant voulu parler en espagnol, il l'interrompit résolument pour dire :

— En français, s'il vous plaît, mon brave, j'ai le droit de tout entendre.

— C'est juste, approuva Mornaix.

— Eh bien ! dit Miguel en s'adressant à Roger précisément, vous ne serez pas beaucoup plus avancé quand vous m'aurez entendu. Vos nuits ne ressemblent pas aux nôtres, et l'oreille qu'on colle au gazon, ici, entend bavarder le lointain de tous côtés. Cela gêne. Les gens attardés vont et viennent dans vos chemins, les voitures roulent, les chevaux

trottent, les locomotives appellent parmi les sourds gronde-
ments du train qui écrase le rail. Écouter l'ennemi qui rampe
est impossible, au milieu de tout cela, comme il est impossible de suivre une piste dans vos sentiers où mille pistes se
croisent. En France, un homme comme moi ne vaut pas beaucoup plus que vous.

Il fit un salut grave et poli et se tourna vers Mornaix pour
achever :

— Je n'ai rien vu, Grelot n'a rien vu. Le vieil homme fait
sa ronde exactement. Il dit que cette nuit, comme les autres
nuits, il y a des morts qui rôdent entre le verger et les murs
du grand parc.

— Ah ! fit Mornaix qui devint plus attentif. Vincent a vu
des morts?

— Oui. Le cimetière est là tout près, à ce qu'il paraît.

— Tout près.

— Alors, il n'y a rien d'étonnant. Mais j'ai dit à Madeleine
de vous apporter chacun une carabine.

— Et tu as bien fait. Je n'aime pas beaucoup ces morts
qui rôdent.

La porte roula doucement sur ses gonds pour la seconde
fois, et la figure effrayée de la vieille Madeleine se montra
sur le seuil. Elle tenait une carabine dans chaque main.

— Dieu ait pitié de nous, notre monsieur ! balbutia-t-elle
de sa pauvre voix qui chevrotait. Que va-t-il se passer dans
la maison de votre père, cette nuit?

Elle ajouta en dressant les armes contre la muraille :

— Le chien Turc n'avait pas hurlé si malement depuis la
fois où la bonne dame s'éteignit dans la chambre où vous
êtes.... et Vincent dit que les morts passent et repassent par-
dessus les murailles du grand parc de Belbon.

Miguel et Mornaix échangèrent un rapide regard, pendant
que Madeleine se signait abondamment.

— Portez un verre d'eau-de-vie au jeune homme qui est dans
le jardin, dit Mornaix. Demain, vous dormirez tranquilles.

Quand Madeleine fut partie, il reprit d'un ton soucieux :

— Que pensez-vous de tout cela, Malgache?

Miguel secoua la tête et répondit :

— Je n'ai rien vu, je n'ai rien entendu, mais ils nous suivent depuis Paris, j'en mettrais ma main au feu : je les sens.

— C'est comme moi, fit Robert, je les sens.

— Ma parole, murmura Roger, il me semble que je les sens aussi. Pouah !

Miguel lui adressa un signe de tête protecteur et gagna la porte en disant.

— Je vais voir un peu du côté du cimetière de quelle couleur sont ces morts qui s'amusent à passer et à repasser les murailles du grand parc.

Il sortit sans bruit comme il était entré. Un cri de hibou, qui semblait tomber du sommet des arbres plantés le long de la maison, retentit dans la nuit.

— Robert ! appela la douce voix de Naranja. Viens !

Et quand la porte fut ouverte :

— J'avais besoin de te voir. Je rêvais que nous étions prisonniers tous deux. Ils me disaient : livre le secret ou ton mari va mourir.

VII

UNE RÉVOLUTION AU MEXIQUE

Au dehors, la nuit était calme. Des nuages légers glissaient sur la lune dont ils voilaient à peine la clarté. Naranja s'était rendormie.

— J'ai songé à toi, parce que je n'ai que toi, disait à Roger Mornaix, poursuivant l'entretien qui avait marché. Là-bas, où tout le monde est brave et où chacun joue sa vie à pair ou non dix fois chaque jour, je n'ai jamais rencontré personne qui fût plus solidement brave que toi. Tu es le meilleur souvenir de mon enfance. Je te vois toujours ferme et fort au milieu de nos luttes.

— Ah ! Ah ! fit Roger, tu me valais bien ! mais les coups de poing ne sont pas des aventures.

— Quand j'ai vu ce grand danger sur moi, et sur cette chère créature que j'aime cent fois plus que moi, je me suis dit : « Il y a Roger ».

— Bravo ! S'il s'agissait seulement d'affaires litigieuses...

— Tu ne te connais pas toi-même.

— Possible ! je suis peut-être un héros, au fond. Mais causons raison. Tiens, copain, je sais la moitié de ton histoire, veux-tu savoir ce que j'aurais fait, à ta place?

— Voyons ce que tu aurais fait.

— Je suppose que je sois poursuivi comme toi, par des sauvages, avec Nannette, devenue ma femme par la bonté

de Dieu. Eh bien, en Sauvagie, je me trouve fort embarrassé; mais, en France, je me moque de tes peaux de cuivre
comme du grand Turc. Je leur oppose tout uniment une chose
qui les embarrassera autant et plus que le désert ne me gêne-
rait moi-même : la civilisation. Il ne s'agit pas de les dénoncer
aux magistrats qui n'y peuvent rien. La justice n'est qu'un
morceau de la civilisation. La civilisation, comme je l'entends, c'est notre vie même, l'éducation de notre siècle, ses
mœurs, ses allures, son progrès matériel, sa poésie, sa prose,
sa force et sa faiblesse. Tes sauvages ont la grandeur du désert,
je les bats par la grandeur de la foule. J'oppose mes réver-
bères à leur nuit, mon bruit à leur silence, ma cohue à leur
stratagèmes de solitaires. Je prends ma femme sous mon bras,
je la plante dans un wagon du chemin de fer du Havre, choi-
sissant celui qui contient déjà bonne compagnie : que feront
tes sauvages? quatre heures de grande vitesse me mènent au
quai. J'y trouve un navire géant, bourré de passagers; j'y
retiens une cabine. Tes sauvages ont un pied-de-nez. De deux
choses l'une, ou ils restent à terre, et alors bien le bonsoir; ou
ils embarquent aussi. Un mot à l'oreille du capitaine, ponctué
par un billet de cinq cents francs, peut arranger bien des
choses. Est-il récalcitrant? Messieurs et dames, j'ai l'honneur
de vous signaler trois bandits qui sont ici avec de mauvaises
intentions. Ayez l'obligeance de choisir entre un honnête
homme qui protège sa femme, et ces messieurs que voici. On
rit, je ne dis pas non. C'est bête comme un acte authentique
ce que je te dis là, mais on est prévenu et les trois bandits
n'ont qu'à se bien tenir. La traversée est assurée. Arrivons-
nous dans le pays des tonnes d'or, des serpents à sonnettes,
des tigres, des brigands et des aventures? Nous voilà à deux
de jeu : homme contre homme. Le procureur impérial étant
supprimé, en avant les droits de la nature! A toi, à moi!
comme au collège, avec cette seule réserve que le coup de
poing est remplacé avantageusement par le couteau ou le
révolver. Allume! Je crois que Thomas Stone avait un peu
raison : si j'entrais une fois dans cette danse-là, je mènerais
un drôle de cavalier seul à la pastourelle! On tue, à moins

qu'on ne soit tué; et pourquoi serait-on tué, si on a bon pied, bon œil? On tue, voilà le vrai. C'est un tantinet fâcheux, mais nécessité n'a pas de loi. En suite de quoi on va chercher sa tonne de poudre d'or paisiblement, et l'on revient de même acheter les mille hectares de produit et d'agrément. Voilà le programme.

Roger prononça ce remarquable discours avec chaleur et conviction. Mornaix l'écoutait d'un air pensif.

— Il y a du vrai là dedans, murmura-t-il enfin; mais tout n'est pas vrai, parce que tu ne sais pas tout. S'il ne s'agissait que d'arriver sain et sauf jusqu'à la mer, ou même de traverser l'Océan sans encombre, ton plan serait bon, quoique la barbarie puisse garder, au milieu même de la foule et sous le grand soleil, une partie de ses terribles avantages. J'ai hésité un instant; j'avais vu, moi aussi, cette voie ouverte et qui présente une apparente sécurité : si donc je me suis déterminé à réfugier celle que j'aime dans la nuit et dans la solitude, si j'ai choisi les sentiers détournés d'où la protection publique est absente, si, enfin, j'ai entamé avec mes sauvages ennemis cette lutte de ruses où je les sais pourtant si habiles, c'est qu'il y a autre chose. A ce jeu de barres que nous jouons, le but est séparé de nous par trois étapes principales. Il faut d'abord gagner la mer, puis naviguer, puis entreprendre un long voyage dans un autre hémisphère. Pour la première étape, et pour la seconde aussi, ton expédient pourrait servir; mais, au seuil même de la dernière, il perdrait sa vertu et nous laisserait sans défense à la merci de la meute qui nous aurait suivis depuis le point de départ, aiguisant ses dents et guettant patiemment l'heure propice. Il n'y a malheureusement là ni suppositions romanesques, ni imprévu, ni débauche d'imagination. Si bizarre que soit autour de nous la physionomie des choses, nous sommes pris dans une plate et grossière réalité. Ta foule, ta sauvegarde sociale ne nous accompagneraient pas dans le désert australien.

— Ah ! fit Roger, je croyais qu'il s'agissait du Mexique.

— C'est une histoire étrange, répliqua Mornaix. Depuis que nous sommes ensemble, j'en ai fait le tour en quelque sorte, côtoyant sans cesse le récit des événements qui ont préparé la situation où nous sommes et n'osant y entrer jamais. Tu en sais assez long seulement pour comprendre que la lugubre comédie de notre départ avait sa raison d'être. C'était là le dernier anneau de toute une chaîne de précautions et de stratagèmes que nous laissions derrière nous, tendue en travers de la route. Ceux qui nous suivent l'ont-ils franchie d'un bond, se sont-ils glissés en dessous comme des serpents, où restent-ils, à l'heure où nous sommes, arrêtés devant l'obstacle? Avant l'aube, nous saurons cela. Il y avait là-bas à Paris, dans la maison de l'avenue Montaigne, un vrai deuil, une vraie bière, une vraie morte. Les formalités du voyage posthume avaient été solennellement accomplies : c'était de quoi tromper tous les limiers de la police parisienne; mais il n'y a peut-être pas assez pour mettre en défaut les Smith qui sont des diables. Miguel nous a dit : « Je les sens; » il est rare que Miguel se trompe. La fin de l'aventure est bien près de nous.

— Ils sont trois, dit Roger, nous sommes trois : ce n'est pas une aventure qu'il nous faut, c'est une bataille rangée.

— Et Grelot, le comptes-tu pour rien? Tu aurais tort; mais ne sont-ils que trois? *Le Saint-Jean-Baptiste* avait quatorze hommes d'équipage.

— *Le Saint-Jean-Baptiste?* répéta Roger. Voilà deux fois que tu prononces ce nom-là. Qu'est-ce que c'est que *le Saint-Jean-Baptiste!*

— C'est un brick-goëlette américain. Écoute, nous avons encore deux heures de nuit et il ne nous est pas permis de fermer l'œil. Serre-toi davantage contre le mur; ton épaule dépasse l'embrasure; il ne leur en faut pas tant. En deux heures, je peux bien t'expliquer toute la charade.

— C'est dit, répliqua Roger, qui se mit prudemment en espalier tout contre la vieille tapisserie, car il n'avait point de vaine gloire; mais va droit ton chemin et brûle les aventures.

Mornaix emplit les verres. Il quitta sa chaise avec précaution et entre-bâilla la fenêtre, tenant sa tête au niveau de l'appui. Au coup de sifflet presque imperceptible qui tomba de ses lèvres, un sifflement pareil répondit sous la croisée.

— Tout va bien, dit-il en regagnant son siège. Quand ils valent quelque chose, ces gamins de Paris sont des anges. Nous y sommes. Le soir où je te quittai, après notre sortie du collége...

— Peste, fit Roger, nous prenons les choses *ab ovo*, cette fois-ci.

— Ne m'interromps pas. Ce soir-là, j'avais un livre dans ma poche : le premier roman de Gabriel Ferry, ce poète de la plume et de l'épée que je devais retrouver dans la prairie sonorienne, avec son cousin, son frère dans les armes et dans la poèsie, le noble Paul Duplessis : deux fiers jeunes gens, morts tous deux loin des grandes forêts qu'ils ont chantées. Mon père approuva le projet que j'avais d'aller au loin chercher de l'or, de l'or vierge qu'on ne gagne point sur les hommes, afin de ressusciter l'éclat de notre vieux nom. Je partis.

Ce sont des contrées sur lesquelles on a parlé beaucoup. J'ai passé ma jeunesse dans ce paradis livré au démon; j'ai senti monter jusqu'à mon cerveau l'asphyxie des brutalités mexicaines. J'ai eu, j'ai encore sur la gorge le pied de ces barbaries, j'ai entrevu ces collines brûlantes mieux gardées que les trésors de la fable, ces lacs opulents, mais maudits, d'où nul ne revient; ces nécropoles silencieuses où blanchissent les ossements des héros du désert; ces vallées aux aspects inouïs où les gisements d'or natif renvoient au soleil rayons pour rayons...

Il y avait là des aventuriers grands comme des rois : des Français, et l'on a pu croire une fois qu'ils allaient conquérir un empire à la France; mais derrière les géants rôdent les nains, et, par le plus singulier de tous les mystères, tout géant mordu au talon par un nain tombe et meurt.

J'ai vu Pindray, le fort, dont les travaux seront la légende herculéenne de cette naissance d'un peuple. J'ai vu Gaston de Raousset-Boulbon, le conquérant, le chevalier à la gloire de qui rien ne manque, pas même la calomnie; j'ai vécu avec eux, j'ai combattu sous eux, j'étais fait comme eux... peut-être.

Mais ce n'est pas mon histoire que je veux te raconter, c'est l'histoire du drame où notre amitié fraternelle te donne un rôle. En 1857, vers la fin de mai, j'entrai pour la première fois sous le toit du père de Naranja. J'étais armé comme il faut et je portais une ceinture amplement garnie, car mes équipées de chercheur d'or m'ont toujours réussi à miracle; mais j'errais en fugitif sur la côte du golfe de Cortez, cherchant à traverser la mer Vermeille pour aller de Sonora en basse Californie. Un mot t'apprendra mes raisons. J'avais renouvelé dans le nord de la Sonora la tentative où Raousset-Boulbon avait échoué quelques années auparavant. Le mécontentement général m'avait donné, sur le papier, une très respectable armée et cent lieues de pays, au nord-ouest de Arispe, s'étaient *prononcées* en ma faveur. Pendant toute une matinée, j'aurais pu traiter de puissance à puissance avec le gouvernement de Mexico. Seulement, vers midi, quand on tira les premiers coups de fusil, tous mes nobles amis allèrent faire la sieste, et je restai seul avec une vingtaine d'aventuriers européens. Nous faillîmes, malgré tout, prendre une ville de six cents âmes, commandée par onze généraux, et le soir nous pûmes faire retraite en bon ordre.

Le lendemain, nous gagnâmes la montagne où une attaque des Indiens Apaches nous dispersa bel et bien. Ceux-là sont de terribles camarades qui ne *se prononcent pas*, mais qui se battent.

Ce fut mon beau-frère actuel, Miguel-Maria, qui me rencontra demi-mort de soif et de faim dans un champ et qui commença par m'envoyer la charge de son trabuco, me prenant pour un autre. Ces précautions sont usitées là-bas. J'ai dit un champ, car le père de Miguel et de Naranja, le seigneur Perez, possédait un des plus riches établissements de la côte; il était puissant comme un baron des temps féodaux et riche à ne pas connaître sa fortune. Miguel me fit d'humbles excuses, les Mexicains sont les plus courtois des hommes, et s'étonna fort de m'avoir manqué. Je bus à sa gourde. Je vis, en passant près de l'abreuvoir, plus de mille têtes de bétail.

Dans le langage sonorien, ie seigneur Hernan Perès da

Concha n'était qu'un fermier ou *ranchero*; mais, selon sa propre estime, il était le premier homme du monde. Et par le fait, si l'envie lui en prenait, il pouvait faire *lacer* dix mille bêtes à cornes sur ses immenses domaines ou enfermer dans son *corral* quinze cents chevaux mustangs les plus beaux de l'univers. Ses serviteurs se comptaient par centaines : des blancs, des noirs, des rouges, des métis et même des gentils-hommes, témoin son intendant qui se faisait appeler M. de Pizarre. Le seigneur Hernan, outre son rancho, avait des mines et trois pêcheries de perles dans le golfe, entre Cerralvo et l'Espiritù-Santo. Je me trouvai chez lui en pays de con-naissance; il avait, en effet, fourni quelques fonds à ma récente expédition et devait être ministre de la guerre dans notre futur empire. Le Mexique compte ainsi un millier de ministres-chrysalides, engagés dans une centaine de *sérieuses* combi-naisons. Avec la moitié de ces hommes d'État incompris, on gouvernerait aisément le reste du globe.

Les bâtiments du rancho s'étendaient comme une ville. Le gros œuvre de l'habitation proprement dite étaient en terre cuite aux rayons du soleil ou *adobé*; mais construit selon un dessin élégant et large, les terrasses énormes semblaient des jardins suspendus, au-dessus desquels s'élevaient seulement les grands magueys et le clocher à jour de l'église. Le tout s'entourait d'un fort rempart de troncs d'arbres qui n'oppo-sait pas toujours, hélas ! un obstacle suffisant aux visites de la cavalerie indienne.

Le seigneur Hernan Perez da Concha me fit faire grande chère. Nous bûmes du vin de France en quantité. A la troi-sième bouteille de son château-laffite, qui était d'excellent petit bourgogne, il mit le président de la République mexi-caine dans sa poche et m'avoua franchement qu'il avait bien compté me donner un croc-en-jambes après la victoire. Le Mexique était le centre de la terre, don Hernan se proposait de conquérir les États-Unis pour arriver au Canada, et d'an-nexer ensuite l'empire du Brésil avec les diverses républiques du Sud. Cela fait, l'ancien monde n'avait qu'à se bien tenir !

Au dessert, le seigneur Hernan correspondait avec ses vice-rois de Paris, de Londres et de Saint-Pétersbourg. Il traitait les peuples avec bonté et protégeait les vignobles. Il avait le vin gai. Il appelait de temps en temps son intendant, M. de Pizarre, pour lui donner des pichenettes sur les oreilles ou des coups de pied plus bas. M. de Pizarre recevait gravement ces marques de confiance et sortait pour les rendre à quelque subalterne.

C'était une maison régie par le mariage libre, comme disent vos bavards de la presse parisienne. Le seigneur Hernan vivait en sultan; il était père beaucoup plus abondamment que Priam. La moitié de ses valets, le tiers de ses bergers lui devaient respect filial. Il n'en éprouvait ni contentement ni chagrin et regardait d'un œil tranquille cette lignée multicolore qui grouillait sur ses domaines.

Parmi tant d'héritiers, le seigneur Hernan avait fait choix d'une fillette charmante, — tout son portrait, disait-il, bien qu'elle fût admirablement belle et qu'il fût, lui, un assez laid échantillon de la race portugaise, — il l'avait légitimée dans son opinion toute puissante et l'élevait en princesse royale. C'était Naranja.

A cette époque, Naranja allait avoir quinze ans. Je ne la vis point alors, parce que les Apaches du Rio Colorado étaient venus le mois passé faire un razzia. Le seigneur Hernan me raconta assez tranquillement que Naranja, la prunelle de ses yeux, avait été enlevée avec les autres jeunes filles de la Rancheria.

Je ne saurais trop dire pourquoi je proposai d'aller au village apache et de lui reconquérir sa fille. Il y a très certainement des destinées. Ma fortune et tout le bonheur de ma vie étaient là. Le seigneur Hernan parut assez content de ma proposition. Il me dit qu'il ne serait pas fâché de revoir le trésor de son âme et qu'il me la donnerait pour femme avec les trois pêcheries du golfe et cinq cents têtes de bétail. Ce fut en riant que j'acceptai à tout hasard.

Le lendemain matin, le seigneur Hernan avait perdu tout souvenir de notre accord. Quand je le lui rappelai, il me dit :

« C'est bien, mais pour ne pas perdre une pareille course,

vous ferez une chasse au buffle dans le Nord... et tant mieux si vous ramenez la petite fille. »

Miguel, qu'on appelait le Malgache, à cause de sa mère, une superbe négresse de Madagascar, me fut donné comme lieutenant. Susan, sa fiancée, avait été aussi enlevée par les Indiens. J'eus, en outre, seize hommes, parmi lesquels se trouvait une manière de singe, aide de cuisine du seigneur Hernan, qui se nommait Grelot, et qui avait l'honneur d'être un Parisien de la rue Grenétat. On trouve le gamin de Paris partout, mais c'est à Paris seulement qu'il est intolérable.

Nous partîmes le 1er juin 1857, avec le gréement complet d'une grande chasse au buffle. Le seigneur Hernan nous accompagna un bout de chemin, cravachant de temps en temps M. de Pizarre pour témoigner de son heureuse humeur. Nous étions tous montés admirablement et armés jusqu'aux dents. Sur dix-huit que nous étions on pouvait bien compter une douzaine de solides gaillards.

Parmi les Indiens libres qui font la guerre sur la frontière du Mexique, on place au premier rang les Apaches et leurs rivaux les Comanches. Les deux peuplades combattent à cheval, poussant à ses suprêmes limites la tactique sauvage et déployant en toute occasion une terrible bravoure. Un indien de l'une ou l'autre tribu vaut un Européen bien armé dans la lutte corps à corps; en forêt ou dans la prairie, alors que la victoire dépend de la finesse des sens et de la rapidité instinctive des résolutions, jointes à la parfaite connaissance du terrain, un Apache peut tenir dix Mexicains en echec.

Nous fûmes cinq mois entiers sur le sentier de la guerre et nous aurions échoué peut-être sans la rencontre que nous fîmes de trois hommes, trois frères, Américains de naissance, mécréants fieffés, qui rôdaient à la recherche de l'or, ou plutôt à la recherche des mineurs enrichis. Les trois Smith, Bob, Sam et Jonathan ne m'étaient pas inconnus. Ils jouissaient d'une terrible réputation parmi les métis de la prairie et traitaient de puissance en puissance avec les Indiens libres. Brigands sur terre, pirates sur mer, ils vivaient de violences et jamais ne faisaient fortune.

Moyennant cinquante onces d'or, dont vingt-cinq payées d'avance, les trois frères Smith nous mirent à même de surprendre le camp des Apaches. Le gros de la nation était sur le sentier de la guerre contre les Comanches, serpents de la Cordilière. Nous trouvâmes seulement des apprentis guerriers et des vieillards, gardant tout un peuple de femmes.

Ces femmes étaient uniformément esclaves, à l'exception de Naranja qui avait été protégée par le choix d'un chef, *Peep o'day*, comme l'appelaient nos alliés Smith. *Peep of the day*, (le Point du jour), un puissant guerrier, la voulait pour femme.

Nous trouvâmes Naranja dans une cabane où il n'y avait point d'hommes, et servie par de vieilles *squaws* comme une princesse. Ce fut une nuit de terreur et de sang, je l'emportai dans mes bras, évanouie qu'elle était.

— C'est le jour de mes quinze ans, me dit-elle quand ses yeux rencontrèrent les miens en s'éveillant. J'avais bien prié Dieu de m'envoyer mon ami, car Point du jour avait dit : je reviendrai le lendemain de tes quinze ans et tu seras ma femme.

— Et qui nommiez-vous ainsi votre ami, Naranja?

— Je ne sais... celui que Dieu me destine... vous, peut-être.

Telles furent nos fiançailles. Nous ramenions au rancho du seigneur Hernan six cents peaux de buffles, mais deux femmes seulement. Les autres étaient mortes. Naranja, seule, avait conservé son cher sourire; Susan, la promise de Miguel nous suivait, morne et folle par moments; quand elle recouvrait sa raison, elle voulait mourir. Grelot qui avait été la gaieté de l'expédition et s'était montré brave comme Bayard, sans jamais cesser de rire, trouvait grâce devant cette infortunée. Grelot nous dit un soir.

— Susan m'a parlé; les trois Smith ont gagné deux fois leur vie dans cette affaire-là. Ce sont eux qui nous ont menés au campement; mais c'étaient eux qui avaient mené les Apaches au rancho.

C'était vrai. Le jour où Miguel, notre ami, se trouvera le

couteau à la main face à face avec un des trois Smith, ce sera une rude histoire !

Le 27 octobre, après cinq mois moins trois jours d'absence, nous frappions à la porte du seigneur Hernan. Nous savions qu'il y avait eu dans l'intervalle deux ou trois petites secousses du volcan politique séant à Mexico, mais ce n'étaient point nos affaires. Un homme en costume de général vint à notre rencontre : c'était M. de Pizarre. Il tenait du gouvernement nouveau le rancho confisqué de ce pauvre seigneur Hernan qui le servait désormais en qualité d'homme de confiance. Le rancho était plein de gens de guerre; M. de Pizarre s'était éveillé un matin héros des pieds à la tête; il préparait une expédition contre je ne sais quelle bourgade qui s'était prononcée en faveur de je ne sais qui. On ne voyait que coursiers caparaçonnés et bonnes gens déguisés en soldats avec de longues lances, ornées de banderoles. Tout ces braves criaient à tue-tête vive quelqu'un et vive quelque chose, mais Grelot, qui prit langue, revint me dire qu'il y avait quatre ou cinq partis bien tranchés dans l'armée du général Pizarre et qu'il était gravement question d'un *prononcement* nouveau en faveur de l'ancien chef des cuisines qui était maintenant colonel. Cet homme d'État voulait marcher sur Mexico; Grelot ayant été déjà son ministre, entrevoyait un portefeuille.

Le général Pizarre nous reçut d'un air rogue, témoignant qu'il avait des méfiances au sujet de nos opinions politiques. Comme le pauvre seigneur Hernan s'élançait vers Naranja en pleurant de joie, le général payant ses dettes avec exactitude, lui donna une pichenette sur le nez et un coup de pied tout semblable à ceux qu'il recevait autrefois. Curieux retour des choses d'ici-bas ! le seigneur Hernan se montra flatté de cette familiarité excessive. Sa postérité l'entourait et se moquait de lui à l'unanimité.

Le général, cependant, eut la malheureuse idée de mettre sa grosse main sous le menton de Naranja et de lui dire :

— Te voilà grandie, Anhita. Veux-tu être ma favorite?

Naranja le repoussa et moi, hélas ! je lui brisai sur la tête un joli bambou que j'avais à la main. Il tomba comme un bœuf assommé. Le seigneur Hernan se précipita sur moi le couteau levé, écumant et criant :

— Ah ! gabache ! incrédule ! larron ! vas-tu empêcher la gloire de ma fille !

VIII

Naranja se jeta entre moi et son père, continua Mornaix, et cent voix se mirent à hurler : Arma ! arma ! Mais personne ne releva le général. Le seigneur Hernan, voyant qu'il était bel et bien évanoui, lui reprocha vivement sa trahison et l'appela fils de chienne. M. de Pizarre ne pouvait répondre; le seigneur Hernan lui dit tout net qu'il était un lâche et lui donna sur le nez la fameuse pichenette, signe authentique de l'autorité. Alors, l'armée se prononça; je fus nommé vice-roi et je promis une constitution. Les chevaux piaffèrent, les lances agitèrent leurs banderoles brillantes, on hurla, on tira des coups de tromblon et le *pinole* coula à flots pour célébrer l'ère de gloire et de prospérité où entrait cet heureux pays. Enfin, la contrée allait être gouvernée par un homme de son choix ! On craignit pour la raison du seigneur Hernan, tant son allégresse ressemblait à un délire. Le général, chargé de chaînes et déclaré traître à la constitution, fut mis à la cave. Naranja et moi nous fûmes mariés, ce soir-là, par un prêtre catholique.

Le seigneur Hernan avait entendu dire que les gentils-hommes des rois de Portugal dormaient en travers de la porte de leurs maîtres. Il fit faire son lit en travers du seuil de ma chambre à coucher. J'étais assurément bien gardé !

Je m'endormis donc au faîte de la puissance. Le lendemain

matin, je fus éveillé par le tocsin qui sonnait à toute volée. A ce bruit solennel se mêlèrent bientôt les salves de mousqueterie et d'effrénées clameurs. C'était le général qui rentrait en grâce auprès de son armée. On se prononçait. J'étais atteint et convaincu de divers crimes et cent voix demandaient ma tête criminelle. Le *pinole* coulait malgré l'heure matinale. « Arma ! arma ! arma ! »

Grelot m'apporta ma carabine chargée. Miguel attendait avec les chevaux tout sellés, de l'autre côté du rempart. Nous cassâmes une ou deux de ces têtes fêlées et nous prîmes le large, dédaignant de tenter une nouvelle révolution. Telle est, en petit, l'histoire du gouvernement mexicain depuis bien des années. La partie se joue d'ordinaire entre un seigneur Hernan quelconque et n'importe quel M. de Pizarre qui sont égaux en droits, n'en ayant aucun ni l'un ni l'autre. Entre eux deux, le premier passant venu peut jouer le rôle de l'arbitre de la fable.

Je te dis cela, interrompit ici Mornaix, parce que mon intention était d'être l'arbitre. J'avais toujours présente à la pensée cette parole de Raousset : « Quiconque amènera du dehors cent hommes résolus et dévoués sera maître de la Senora. » J'aurais eu mille hommes en huit jours là où j'étais ; mais les résolus et les dévoués il fallait aller les chercher ailleurs.

Je savais que les frères Smith avaient un brick-goëlette, bon marcheur, dans les eaux de San Jose. Pendant notre expédition contre les Apaches, j'avais fait marché avec les Smith pour un voyage en Europe, aller et retour. Je comptais recruter mes hommes chez le peuple le plus souffrant qui soit au monde, mais que les beaux parleurs de la politique oublient systématiquement dans leurs plaidoyers humanitaires : en Irlande. Ces Polonais de la Russie britannique appartiennent à quiconque vient les délivrer de leur misérable enfer.

Nous étions quatre en sortant de la rancheria : Miguel, Grelot, Naranja et moi. Tous nos autres compagnons avaient pris parti pour le *pinole* du général, et Susan, la pauvre folle, s'était enfuie durant la nuit. Nous gagnâmes la côte, poursuivis mollement par les cavaliers à banderoles et nous trou-

vâmes les Smith au rendez-vous. Au plus haut sommet de
la falaise, les signaux convenus entre eux et l'équipage du
Saint-Jean-Baptiste étaient allumés déjà. Il n'y avait cependant aucun navire en vue.

Nous restâmes trois jours dans l'attente. La nuit, nous
trouvions un asile au bas de la falaise, dans un hameau composé
de quatre ou cinq cabanes, habitées par des familles de pêcheurs
de perles. Il y avait là une pauvre douce créature, un nègre
nommé Bambô, qui était plongeur de son métier et que la
maladie retenait avec les femmes. On l'appelait en riant
« l'homme à la tonne d'or », parce que, à différentes reprises,
quand le rack ou le *pinole* dénouaient sa langue, il s'était
vanté de connaître un lieu où une tonne d'or était cachée. Tu
vois que nous arrivons au cœur de notre histoire.

Naranja, bonne et secourable, savait quelques-uns des
naïfs secrets de la médecine populaire au Mexique. Elle donna
des soins à Bambô qui l'adorait comme une divinité. Un
soir qu'il allait s'endormant par l'effet d'un breuvage, il lui
dit, et nous crûmes qu'il parlait déjà dans un rêve : — Maîtresse, vous serez riche comme une reine.

Il y avait là deux des frères Smith. Grelot me dit qu'ils
avaient échangé entre eux un singulier regard. Mais quelques
minutes après, Sam rentra, annonçant que *le Saint-Jean-Baptiste* était en vue. Nous sortîmes tous et nous aperçûmes
au lointain du golfe, vers le sud, un feu qui brillait sur l'eau.
Les signaux de la falaise furent éteints et nous dormîmes
dans nos manteaux, décidés à embarquer le lendemain.

Nous montâmes à bord en effet, et Naranja fut la seule à
remarquer que son nègre Bambô n'était point venu lui souhaiter bon voyage à l'heure du départ.

Nous sortîmes du golfe, doublant la pointe de San Jose
par une bonne brise du nord-est qui nous halait à raison de
huit nœuds, car *le Saint-Jean-Baptiste* méritait sa réputation.
Les trois Smith étaient à bord. Il n'y avait pas d'eux à nous
une très grande sympathie, mais Miguel seul était leur ennemi
déclaré. Encore avait-il gagné sur lui qu'il materait sa rancune
jusqu'au retour. Quant à l'équipage, c'était une assez bizarre

séquelle, gens de sac et de corde pour la plupart, mais bons vivants, parmi lesquels maître Grelot fut bientôt en faveur. En somme, les Smith savaient ce que nous valions; ils étaient de caractère et de mœurs à comprendre les chances de l'entreprise : peut-être même espéraient-ils en son succès plus que de raison, ce qui ne les empêchait point de courir encore un autre gibier. Nous pouvions dormir tranquilles, tant qu'aucun cas de guerre ne surgirait entre nous.

Ce n'est pas notre voyage que je veux te raconter. Nous fûmes grillés comme tout le monde entre les tropiques; nous fûmes glacés en doublant le cap Horn, et ballottés par la tempête éternelle qui tourmente ces diaboliques parages. *Le Saint-Jean-Baptiste* se comportait admirablement bien à la mer, quoique j'aie lieu de penser qu'il n'avait pas coûté cher à ses maîtres.

Un soir nous étions dans l'Océan déjà depuis douze jours et nous faisions route au nord-est, par le travers de la Plata. Naranja était seule sur le pont avec Grelot, son garde du corps habituel. Je dois dire, du reste, qu'elle n'avait pas besoin d'être protégée contre l'équipage du brick qui l'aimait pour sa charmante douceur. Elle prenait le frais, retrouvant avec délices les tièdes brises de son golfe bien-aimé. Le sommeil la guettait parmi ses rêves : espoirs ou souvenirs. Tout à coup, au milieu du silence qui planait sur cette mer, tranquille et magnifique miroir reflétant des myriades d'étoiles, elle crut entendre vaguement une plainte, un cri d'angoisse profond et contenu. Naranja est d'un pays où la femme supporte assez bien le spectacle d'une cruauté, soit vis-à-vis des animaux, soit même vis-à-vis des hommes, mais elle n'a des femmes de son pays que les grâces caressantes et le besoin d'aimer avec toute son âme. C'est un cœur d'or. Cette plainte l'occupa toute la nuit. Grelot s'était informé pour savoir si quelqu'un des matelots était malade, ou si les Smith avaient infligé, à fond de cale, une de ces hideuses punitions qui maintiennent l'autorité par la terreur. Il n'y avait rien de cela. Tout le monde était sain et l'équipage menait joyeuse vie.

D'où venait cette plainte? Le lendemain Naranja ne l'entendit pas seule. J'étais près d'elle, balançant son hamac de soie, suspendu aux haubans de bâbord, quand je la vis pâlir. Un cri déchirant montait de la cale. Une chanson créole, entonnée à pleine voix par Sam Smith, couvrit bientôt tout autre bruit, mais le gémissement était dans nos oreilles. Il y avait évidemment à bord un mystère de vengeance ou d'iniquité.

Je n'ai pas besoin d'insister sur ce point que notre position vis-à-vis des Smith et de leurs hommes exigeait une extrême prudence. Nous étions par le fait à leur merci, puisque, en cas de lutte, ils eussent été quatorze contre nous trois. Depuis quelques jours, un fait nouveau s'ajoutait à mes inquiétudes. Jonathan Smith, le plus jeune des trois frères, qui n'était que lieutenant à bord, mais qui, en réalité, imposait son vouloir aux autres, regardait Naranja plus que je ne l'aurais voulu. Elle avait peur de lui horriblement. Moi aussi j'avais peur, sachant que nous étions gardés uniquement par la certitude où était Jonathan qu'à la première attaque il aurait la cervelle broyée par les six balles de mon revolver.

La prudence dominait ici toute autre considération. La traversée devait encore durer un mois pour le moins. J'ordonnai à chacun de faire comme si rien n'eût transpiré du secret des Smith; j'essayai même de faire croire à Naranja que ses sens l'avaient trompée. Malheureusement il ne se passait guère de soirées sans que cette plainte déchirante arrivât jusqu'à nos oreilles. C'était, en vérité, comme une torture quotidienne et prolongée hideusement. On ne tuait pas; on suppliciait.

Mes ordres étaient formels et appuyés sur la raison la plus élémentaire, mais on ne va pas longtemps contre la générosité d'une femme : j'allais dire contre sa curiosité. Je fus trahi par tout mon monde qui passa du côté de Naranja avec armes et bagages. Je crois même que je finis par déserter à l'ennemi. Pendant les dernières semaines de notre traversée, il n'était question entre nous que de la malheureuse victime enchaînée à fond de cale.

Car nous avions peu à peu percé l'ombre qui enveloppait le mystère. Miguel-Maria a des yeux qui voient tout et des oreilles auxquelles rien n'échappe; quant à Grelot, il en remontrerait aux Indiens eux-mêmes en fait de ruses et de tours de force dus à la finesse des sens. Comme production de sauvages il n'y a pas de forêt vierge qui puisse lutter contre Paris.

Naranja les ayant mis tous deux en campagne ils déployèrent leurs talents, et malgré la surveillance incessante des Smith, ils parvinrent à se glisser inaperçus dans la cale. On avait clos une portion du magasin de manière à former une niche ou boîte de six à sept pieds carrés; une créature humaine était enfermée là dedans, et on lui infligeait quotidiennement une sorte de question pour lui arracher une confession. Le patient résistait avec une vaillance inouïe, car le voyage durait depuis près de trois mois, et les Smith n'avaient rien gagné sur lui.

Ils ne voulaient pas le tuer. On le soignait quand il était malade. Une fois Grelot surprit un lambeau d'interrogatoire qui était toute une révélation. Jonathan Smith avait dit :

— Tu seras bien nourri et bien vêtu, on te fera une cabine sur le pont que tu puisses fumer ta cigarette au soleil. Tu auras du rack tant que tu voudras, et par-dessus le marché tu partageras avec nous, si tu veux nous dire où est la tonne de poudre d'or...

Pas n'était besoin d'en savoir plus long. Le martyr de la cale était le pauvre nègre Bambô, l'homme à la tonne d'or, et nous comprenions maintenant pourquoi, à l'heure du départ, il n'était point venu souhaiter le bon voyage à Naranja, sa bienfaitrice.

En cette occasion, j'eus toutes les peines du monde à faire prévaloir mon autorité. Naranja, révoltée, voulait tenter une intervention. Elle disait en pleurant :

— Le pauvre Bambô m'a promis que je serais riche comme une reine. C'est peut-être pour moi qu'il garde son secret.

Miguel, moins tendre, avait sa vengeance : il prétendait qu'en cassant la tête aux trois Smith on se rendrait aisément maître de l'équipage. Grelot proposait de clouer tout uniment les écoutilles, comme faisait le bon capitaine Surcouf quand il ramenait, lui cinquième, soixante Anglais prisonniers à Saint-Malo. Il se chargeait de manœuvrer le brick, ayant fait métier de mousse jadis pour gagner son passage.

Rien n'est impossible, à tout prendre, et je ne dis pas qu'ils eussent tort absolument, mais la présence de Naranja faisait de moi un autre homme. J'avais des sollicitudes de mère. Quand je veillais sur son sommeil d'enfant, mon cœur se fondait en des terreurs inconnues. Je n'osais plus; j'étais trop heureux. L'idée de jouer mon trésor dans une lutte violente m'épouvantait.

Le raisonnement qui me donna gain de cause contre leurs généreuses impatiences fut celui-ci : Les Smith ont intérêt à conserver la vie du nègre. Il vaut pour eux une somme énorme, et sa mort serait la ruine des espérances qu'ils ont conçues. Aussitôt que nous aurons jeté l'ancre dans un port européen, je prends l'engagement d'honneur de délivrer ce malheureux.

Neuf jours après, le 4 février 1860, *le Saint-Jean-Baptiste* entrait dans le golfe de Galway et mouillait en rade à un demi-mille du rivage, vers la tombée de la nuit. La délivrance de Bambô était devenue notre principale affaire. Je demandai place dans le canot qui devait conduire deux des frères Smith en ville, et je ne me fis point accompagner pour éviter d'inspirer des soupçons. Nous nous séparâmes sur le quai, les frères Smith et moi. Pour tout ce qui regardait mon métier d'enrôleur, j'avais des renseignements très précis, et je comptais, pour prendre langue, sur le bon anglais de notre ami Thomas Stone. Les frères Smith purent voir que j'entrais dans le cabaret des *Trois Géants*, situé sur le port même.

Seulement, je ne fis que traverser la salle commune afin de prier le maître de l'établissement de me conduire chez le magistrat de police.

Le magistrat de police, là-bas, c'est le diable. Quand l'Europe aura enfin le temps et le cœur de sonder cette plaie irlandaise que l'Angleterre entretient avec le beau sang-froid des gens habitués à parler liberté, générosité, tolérance, etc., on verra de prodigieuses choses. Ceci n'arrivera de longtemps. Il est plus commode de s'acharner à dire que la constitution anglaise est le modèle de toutes les mansuétudes. D'ailleurs l'Irlande n'est pas à la mode.

Le cabaretier me regarda de travers; les bonnes gens qui buvaient du *poteen* s'éloignèrent de moi pour cette double raison que je parlais le pur anglais de Thomas Stone et que je demandais un magistrat. Je passai une bonne heure et demie à errer de rue en rue, avant de trouver la demeure de cet honorable gentleman. Quand je l'eus trouvée, une servante sordide m'en ferma la porte au nez en me disant qu'elle ne comprenait point l'anglais de Thomas Stone.

Dix heures sonnaient à la collégiale et il y avait trois heures que je marchais sur le pavé pointu de la capitale du Connaught, quand un policeman compatissant m'apprit enfin que je trouverais mister Proof à son club. Le club de mister Proof était un débit de whiskey ou spirit-shop, situé derrière la maison commune, et véritablement digne du nom de bouge. Mister Proof était là, en effet, se délassant des devoirs laborieux de sa charge, et faisant une partie de backgammon avec un seigneur de grasse mine. Une demi-douzaine de respectables bonnes gens à chemises douteuses et à pipes courtes, solidement enchâssées dans de jaunes mâchoires, pariaient et buvaient du grog sans eau. Dès le premier mot que je lui dis, mister Proof m'envoya paître formellement et me demanda si je le prenais pour un *phoque*.

Thomas Stone ne m'avait pas enseigné qu'on nommait ainsi dans l'ouest les agents de l'administration maritime.

Il fallut retourner au port. Vers onze heures, je pus trouver le cabaret où capitaine O'kir, inspecteur de la marine, faisait sa partie de dames avec ses dignes amis. Capitaine O'kir, me demanda si je le prenais pour un *corbeau*. Il me parut fort en colère.

Le lendemain seulement je pus conduire un chef constable et quatre hommes à baguette à bord du *Saint-Jean-Baptiste*. Les trois Smith étaient sur le pont et n'opposèrent aucune résistance aux investigations de l'autorité, avec laquelle ils échangèrent de vigoureuses poignées de main. L'autorité et les Smith se mirent, dès l'abord, à parler un langage qui fut pour moi de l'hébreu. Encore une rhétorique que n'enseignait point Thomas Stone. Comme j'avais fourni des renseignements très exacts, on descendit à fond de cale où l'on ne trouva rien du tout. La cage en planches elle-même avait disparu, et les divers arrimages occupaient le navire de bout en bout.

J'éprouvai alors la plus profonde terreur qui ait amené la sueur froide à mes tempes. Le chef constable m'ayant demandé caution pour le tort causé, j'entrai dans notre cabine, et aussitôt l'idée d'un quadruple assassinat me traversa l'esprit. Notre chambre était vide.

— Où est ma femme ! m'écriai-je. Où sont mes deux compagnons !

— Vous voyez bien que c'est un fou, dit froidement Jonathan Smith.

— Un fou de la plus dangereuse espèce. C'est évident, répondit le chef constable.

Je pus remarquer, et ma détresse s'en augmenta, que l'aménagement de la cabine avait été changé. Rien n'y restait de ce qui pouvait trahir la présence d'une femme. Je me laissai porter dans le canot. Je n'étais plus moi-même. A mon dernier effort, qui était une accusation de meurtre, un éclat de rire général avait répondu. Avant de se séparer, l'autorité et les Smith trinquèrent abondamment.

J'avais un voile de sang sur les yeux quand nous touchâmes le quai. Pour moi, il y avait quatre cadavres au fond de la mer. Puis une autre pensée me vint : Ces hommes pleins de ruses diaboliques, avaient pratiqué une cachette à bord peut-être.

— Poussez au large, m'écriai-je, véritablement fou, cette fois. Je veux retourner, je veux voir ! Cinquante onces d'or à qui me ramènera au brick !

Personne ne me répondit. Le constable et ses quatre acolytes étaient debout sur la jetée, et se faisaient de leurs mains une visière pour regarder au large.

Au large, *le Saint-Jean-Baptiste*, toutes voiles dehors et poussé par une forte brise d'est, filait grand largue vers les îles Sud-Arran. Le nom de Naranja me vint aux lèvres et je tombai foudroyé sur le sol.

Je m'éveillai dans une pauvre cabane au bord du lac Corrib,

de l'autre côté de Galway. Auprès du lit où j'étais couché je reconnus Miguel, Grelot, et Naranja qui me souriait parmi ses larmes. Sur un autre grabat le pauvre Bambô gisait, la tête enveloppée de linges sanglants. Grelot, envoyé à ma recherche, m'avait trouvé évanoui sur le quai, entouré de curieux qui dissertaient sur les dangers de l'ivrognerie. Le chef constable et ses quatre braves m'avaient laissé là charitablement pour aller à leurs affaires.

Quant à l'étrange aventure du *Saint-Jean-Baptiste* et à la disparition du nègre, en compagnie de mes amis, voici ce qui s'était passé. Après le départ des deux frères aînés, Jonathan Smith était resté seul maître à bord. C'était assurément le plus redoutable des trois, mais il aimait le rack, et dès qu'il pouvait éviter l'œil de ses frères, il se livrait avec une sorte de fureur à sa passion favorite. Une fois ivre, c'était une bête féroce.

Miguel l'entendit s'enfermer dans la cambuse et prépara les armes à tout hasard, car Dieu seul pouvait savoir les folies que le rack allait inspirer à Jonathan Smith. Grelot fut chargé de faire le guet.

Jonathan resta plus d'une heure dans la cambuse. La terre était environ à trois encâblures sur notre hancho de tribord. De temps en temps, Miguel et Naranja pouvaient ouïr comme le bruit d'un corps qu'on eut jeté à la mer : c'étaient les matelots du brick qui, en l'absence de toute surveillance, se coulaient par les sabords et gagnaient la côte à la nage pour voir de plus près les lanternes fumeuses des cabarets de Galway. Miguel compta ainsi dix plongeons successifs, et peu après Grelot vint annoncer que de tout l'équipage, il n'y avait plus à bord que Jack, le mousse et Jonathan Smith.

Celui-ci sortait justement de la cambuse, pâle et l'œil troublé. Il avait peine à se soutenir sur ses jambes. Il fit quelques pas vers la cabine et appela Naranja, mais il se ravisa bientôt, saisit un merlin qui se trouvait à sa portée, chancela, trouva l'échelle et roula du haut en bas dans la cale. L'instant d'après des hurlements de douleur remplissaient le navire.

Rien ne pût empêcher Naranja de se précipiter au secours. Elle seule avait deviné d'où les cris partaient, car Grelot et Miguel pensaient que Jonathan avait dû se briser quelque membre dans sa chute. Il n'en était rien; l'ivrogne avait roulé comme une masse inerte et ne s'était point fait de mal. Les cris venaient de la cage où Bambô était renfermé. Quand Miguel arriva, le malheureux nègre demandait grâce d'une voix affaiblie déjà et Jonathan frappait comme un furieux, disant :

— Ah! j'aurai ton secret, moi, misérable brute ! où est la tonne d'or? dis-moi où est la tonne d'or ! Si tu ne veux pas me le dire, j'ouvrirai ton crâne et je trouverai le secret dedans !

Et les coups sonnaient horriblement sur la tête de Bambô.

Naranja se jeta sur Jonathan et son faible choc suffit à le terrasser. Miguel le maintint renversé en appuyant le pied contre sa poitrine, tandis que Grelot le garrottait. Naranja pansait déjà les blessures du nègre qui était joyeux, malgré ses souffrances, et allait répétant :

— Anhita envoyée par le bon Dieu ! Anhita riche comme une reine !

Jonathan écoutait cela. L'écume qui bordait ses lèvres se rougissait de sang et son regard menaçait Naranja... Roger, souviens-toi de ce que je t'ai dit : C'est Naranja qu'ils veulent. Les femmes ne résistent pas à la torture. Bambô était un homme.

Ce fut Naranja qui commanda la manœuvre. On lia le mousse Jack au pied du grand mât et la yole fut mise à la mer. Tu devines le reste.

Je n'eus aucun reproche à faire, car ils ne pouvaient attendre le retour des Smith et de l'équipage après ce qui s'était passé; mais si le chef constable eût trouvé, à bord du *Saint-Jean-Baptiste,* ce que je lui avais annoncé, les Smith seraient aujourd'hui hors d'état de nous nuire.

Au lieu de cela, Bob et Sam Smith avaient trouvé, au retour, la cage vide et leur frère garrotté; la ruse employée alors par eux était indiquée par la circonstance même : ils avaient détruit toute trace de l'existence du captif. Pour la justice, j'étais un fou et le captif n'avait jamais existé.

Sans doute, en voyant fuir le brick à toutes voiles, le chef constable avait dû réfléchir; mais c'était un magistrat trop sage pour perdre son temps en rêveries vaines. Son déjeuner l'attendait à la maison.

Je me sentais mieux ou plutôt guéri, car la joie est un remède souverain pour les maux que cause le chagrin. Il n'en était pas de même de Bambô, dont les blessures étaient mortelles. Vers minuit il appela, disant qu'il sentait sa fin prochaine et qu'il ne voulait pas emporter avec lui le secret qui causait sa mort.

Nous fîmes cercle autour de son matelas et il commença son histoire.

IX

HISTOIRE DU CHARMEUR

Encore ici, le bon anglais de notre professeur Thomas Stone m'eût été d'un maigre secours, poursuivit Mornaix. Le nègre Bambô parlait un langage que Naranja et Miguel pouvaient seuls entendre. Tel fut à peu près son récit :

En 1852, Bambô était second matelot à bord d'un navire de la Compagnie qu'une série de circonstances, inutiles à rapporter, conduisit en Australie. Bambô était un nègre du Sénégal, inquiet, inconstant et paresseux comme tous ceux de sa race. Il déserta et prit du travail chez un squatter, ou cultivateur des environs de Port-Jackson. Il dormait, une nuit, dans sa hutte de berger, à plus d'une lieue de l'habitation, quand il fut réveillé rudement par une main qui se posait sur son épaule. Une voix lui dit dans la nuit :

« Je suis Gordon Leath ! »

Ce nom ne te fait rien, à toi, Roger, qui ne sais pas les choses de l'autre monde; mais il remplit le cœur de Bambô de componction et de respect. Gordon Leath, ou Gordon le charmeur, comme on l'appelait dans toute l'Australie, était connu de Sidney à Melbourne pour le plus hardi bushranger ou rôdeur de forêt qui eût jamais effrayé ces contrées. Il s'était échappé du pénitenciaire de Port-Jackson six fois, et toujours en *charmant* la meute terrible des chiens à demi-sauvages qui gardent les abords de la prison. Les chiens n'aboyaient jamais pour Gordon Leath, ni pour ceux qui accompagnaient Gordon Leath. Figure-toi le dogue le plus féroce ou le bichon le plus effronté de Paris : ni l'un ni l'autre n'eût soufflé mot au flair de Gordon le charmeur, quand même ce remarquable garçon eût été suivi par une armée.

Je parle de lui au passé parce qu'il ne sut point charmer la mort ; mais, de même que les pharaons d'Égypte se succédaient les uns aux autres, il y a toujours parmi les bushrangers de l'Australie-heureuse, un *primus inter pares* qui porte le nom, ou le titre, de Gordon le charmeur.

A ce nom prononcé Bambô se leva en sursaut, et au lieu de saisir la vieille carabine mal montée qui lui était accordée pour sa sûreté, il déterra sa bouteille d'eau-de-vie et l'offrit galamment à son hôte. Celui-ci but et raconta comme quoi il s'évadait du pénitenciaire pour la septième fois, sans rancune ni chagrin, pour aller chercher un tonneau de poudre d'or qu'il possédait à quelque trois cents lieues de là sur les bords de la rivière Goulbourne, dans le district de Rodney. Il n'y avait pas beaucoup de routes battues du Cumberland, où ils étaient, au Rodney, qui est un comté du sud, dans la province de Victoria ; mais Gordon Leath déclarait qu'il dédaignait les routes battues, et que la forêt, le *bush* comme il faut dire en Australie, était pour lui le seul grand chemin praticable.

A la fin de son discours, il frotta une allumette chimique sur son genou, tout comme un malin de nos barrières parisiennes, et l'approcha du visage de Bambô pour inspecter un peu sa physionomie.

— Tiens, dit-il, un mauricaud !

Puis après plus mûr examen :

— Tu me plais ; viens avec moi.

Peut-être n'eût-il pas été prudent de refuser. Bambô plia bagage, et le bétail du squatter dormit cette nuit-là à la garde de la Providence.

Le chemin se fit assez lestement. Il y avait dix ans que Gordon habitait la Nouvelle-Galles du sud, où la cour d'assises l'avait envoyé pour diverses peccadilles. Bien qu'il eût passé les trois quarts de son temps en prison, il connaissait merveilleusement le pays. Les *stations,* ou établissements d'éleveurs de bétails, ne pullulaient pas comme aujourd'hui; mais, néanmoins, la colonisation marchait à grands pas suivant les cours d'eau et pénétrant au loin dans le désert. Partout où il y avait une station, Gordon était sûr d'avoir des chevaux frais, grâce au don qu'il possédait d'entrer à bas bruit dans les écuries.

Il ne volait pas; fi donc ! Cela n'eût point convenu au légitime propriétaire d'une tonne d'or; mais il prenait volontiers, soit aux fermiers, soit aux rares voyageurs rencontrés dans ces solitudes, les choses qui l'accommodaient en fait de vivres, armes ou vêtements. Sa force de corps était extraordinaire. Bambô et lui furent bientôt équipés comme des gentlemen.

Et, en sus de ses talents sérieux, ce Gordon Leath était le plus joyeux camarade qui fût au monde. Le pauvre Bambô, sur son lit d'agonie, parlait encore de lui avec enthousiasme. Quand Gordon commençait à conter ses fredaines de Londres ou ses équipées d'Australie, la route s'abrégeait; on n'avait plus ni faim ni soif. S'il avait seulement réussi à porter sa tonne d'or jusqu'en Angleterre, il serait devenu honnête homme et grand seigneur, c'est certain; mais sa mauvaise chance le poursuivait dès qu'il s'agissait de faire voyager sa tonne d'or.

C'était lors de sa première évasion des prisons de Sydney qu'il avait trouvé un gîte d'or, guidé par la vue des parcelles, ou *nuggets,* brillant à fleur du sol. Ils étaient, en ce temps, trois compagnons, trois *convicts* en rupture de ban et rudement poursuivis par la police, à cheval. D'autres eussent été pris; mais les chiens de la police, dressés pour la chasse humaine, ne pouvaient rien contre Gordon le charmeur. Les trois compagnons travaillèrent deux mois de suite, menant à tour de rôle le métier de chasseurs et de rôdeurs des bois pour avoir leur nourriture. Quand ils eurent amassé un bon tas du précieux métal, ils songèrent à partager. Le partage fut orageux. Les deux compagnons du charmeur restèrent au fond du trou : l'un éventré d'un coup de couteau, l'autre avec la cervelle brûlée.

Gordon Leath les regretta bien, car il ne savait plus comment emporter une aussi grande quantité d'or. Il lui fallait un véhicule. Il fut surpris et entouré par la police noire, au moment où il volait le chariot d'un squatter de Bendigo, lieu devenu si célèbre par ses champs d'or.

Je n'ai pas à te raconter les cinq autres évasions de Gordon Leath et les efforts qu'il fit pour utiliser cette immense richesse qui raillait sans cesse sa misère. Cinq fois, il put revoir le trou où gisaient ensemble son trésor et les os de ses anciens compagnons; chacune de ces cinq fois, il ajouta quelques poignées de métal à ses millions, mais toujours il était repris au moment de charger son butin.

Dans l'intervalle, cependant, les mines avaient été découvertes sur diverses parties du territoire australien. La fièvre d'or, plus brûlante que dans la Californie même, entraînait les populations qui s'ensevelissaient avec fureur dans ces tombes aurifères. Des districts entiers étaient labourés, fouillés, retournés de fond en comble, et parmi d'innombrables misères quelques colossales fortunes surgissaient tout à coup.

Là-bas, dans sa prison, le charmeur écoutait passionnément les rumeurs qui venaient des mines. Il savait, il devinait le chemin que faisaient la pioche et le pic. Les fouilles gagnaient, gagnaient. Castlemaine vidait déjà le sable de ses entrailles, Bendigo ouvrait ses flancs. Après six évasions, tu penses que Gordon était bien surveillé. Le jour où il apprit que le premier parti de mineurs avait franchi les limites du Rodney, il donna cette suprême secousse qui rompt la chaîne du lion et il partit.

Le seizième jour, Bambô et lui arrivèrent au trou. Ils avaient un petit chariot, traîné par deux chevaux et une tonne, car le mot *tonne d'or*, employé jusqu'à présent par Gordon, signifiait : ce qu'il faut d'or pour remplir une tonne.

Ce fut son premier soin. Il avait apporté des balances. Il passa toute la nuit à peser l'or et à le vider dans le tonneau, qui se trouva presque plein, mais pas tout à fait.

Gordon eut cet enfantillage de vouloir la mesure exacte. Au lieu de charger son trésor et de partir au plus vite, il perdit une semaine à creuser la mine épuisée. La tonne s'emplit en effet, mais les chevaux mal nourris s'étaient enfuis. Gordon dut tenter une expédition lointaine pour s'en procurer de nouveaux et fut pris pour la septième fois.

Avant de quitter la mine, Bambô et lui avaient bouché avec soin l'orifice. La tonne d'or était en sûreté. Gordon put dire : Je reviendrai.

Quelques jours avant notre embarquement à bord du *Saint-Jean-Baptiste*, Bambô avait appris par *le South Australia Mail*, journal des mines, qui est lu avec avidité en Californie, que Gordon le charmeur avait reçu une balle dans la tête en accomplissant sa huitième évasion. Il savait que Gordon aurait plutôt donné sa vie que son secret. Il était donc, lui Bambô, le pauvre noir mourant sur un grabat de misérable Irlande, propriétaire d'une royale fortune !...

Ici, Mornaix s'interrompit tout à coup et sembla prêter l'oreille à un bruit lointain qui n'arrivait pas jusqu'à Roger.

— C'est drôle ! dit celui-ci, je suis comme les enfants. Je finis par croire à ces contes de ma Mère-l'Oie.

— L'existence de la tonne d'or est certaine comme il est vrai que cette lampe nous éclaire, prononça Mornaix solennellement.

— Mais tu dis toi-même que les chercheurs d'or gagnent, et que ce district de Rodney est envahi.

— J'ai des nouvelles jour par jour; cela en vaut la peine. Les mineurs les plus avancés sont encore à plus de soixante lieues du tombeau des deux compagnons de Gordon.

— Le hasard peut faire que le premier passant venu...

— Écoute ! interrompit brusquement Mornaix.

Il se fit un silence, un silence si profond qu'on pouvait ouïr dans la chambre voisine la respiration douce et calme de Naranja. Le dehors ne rendait aucun son. Les premières lueurs de l'aube, indécises et brumeuses, dessinaient déjà les carreaux.

Mornaix se glissa jusqu'à la fenêtre qu'il entr'ouvrit. Il siffla. Le sifflet de Grelot lui répondit :

— Encore une demi-heure, murmura-t-il, et nous serons à l'abri... pour aujourd'hui.

— Qu'avais-tu entendu? demanda Roger.

— Rien. Tout ce que je viens de te dire, Bambô nous le

raconta de sa voix faible et déjà brisée par l'agonie. Quand il eut achevé, il retira un chiffon, caché sous son aisselle. Ce chiffon était le plan du district où la tonne d'or était cachée.

— Et ce plan est tracé avec du sang ! interrompit Roger.

— Comment sais-tu cela ? demanda vivement Mornaix.

— Par les deux hommes qui parlaient à voix basse, hier soir, quand j'étais accoudé sur le parapet du pont.

Mornaix demeura un instant pensif.

— Alors, murmura-t-il, les Smith nous suivront jusqu'en enfer !

Il reprit après un silence :

— Sous la dictée du nègre, Miguel traça deux itinéraires, l'un partant de Sidney, l'autre de Melbourne, et aboutissant tous deux à la mine. Puis le pauvre noir mourut, les lèvres sur la main de Naranja qui lui parlait de Dieu.

Miguel, Naranja et moi nous apprîmes par cœur séparément le plan et les deux itinéraires, et lorsque nous fîmes l'épreuve du pointage sur trois exemplaires de l'excellente carte de l'Australie méridionale, publiée par James Wyld, sous la surveillance du major Michell, nos trois trous d'épingles entrèrent mathématiquement l'un dans l'autre. Soit que nous prenions la voie de Sydney, soit que nous arrivions par Melbourne, chacun de nous peut aller droit à la cachette du charmeur. Nous sommes riches. J'ai de quoi acheter comptant le domaine de mes pères, de quoi entourer de diamants la couronne de comtesse qui siéra si bien au front de Naranja ; j'ai renoncé à mes ambitions ; je ne voudrais plus d'un empire au prix du bonheur que Dieu m'a promis. Mais, entre ma main et ce bonheur, il y a trois hommes de sang...

— N'étaient-ils donc point repartis avec *le Saint-Jean-Baptiste* ? demanda Roger.

— C'est une chose singulière, répliqua Mornaix qui rêvait. Au premier aspect, il semble que ces grossières natures n'aient de force que par les conditions mêmes du théâtre où elles se meuvent, là-bas, dans les solitudes du *far-west*, comme ils appellent les abords de la Cordilière. Il semble qu'un sauvage de Cooper, par exemple, serait dépaysé, désarmé, vaincu d'avance par ce seul fait qu'il mettrait son pied nu sur le sol de notre Europe. Et ce doit être la vérité, car pour aller, venir et par conséquent livrer cette bataille de ruses, qui est toute leur guerre, il faut ici glisser parmi la foule comme ils rampent ou galopent entre les grands troncs de leurs bois. Trop de gens regarderaient passer l'homme à la peau rouge avec ses peintures et son scalp... mais ceux-ci, sauvages des pieds à la tête, en dedans de leur cuir, sont de race européenne. Leur teint basané peut venir d'Espagne ou d'Algérie. Ils peuvent passer inaperçus dans nos villes, habituées à tant de caravanes, et nos campagnes leur rendent la solitude et l'imprévu de leurs sentiers.

Le Saint-Jean-Baptiste était reparti en effet; sept jours après la mort de Bambô, un prêtre bénissait de nouveau mon union avec Naranja dans une pauvre église du comté de Tiperary, car nous avions pris la voie de terre, afin de dérouter les poursuites. C'était le soir. Comme nous quittions l'autel, je sentis Naranja tressaillir à mon bras. Trois ombres allaient le long des arceaux à demi ruinés. Elles disparurent par une porte latérale, mais nous les avions reconnues.

Nous étions pourtant à quatre-vingts milles de la mer !

Cette nuit-là même nous partîmes à cheval. Nous étions montés supérieurement, et dans tout le pays on n'eût pas trouvé autre chose que des poneys de marais. Nous ne rencontrâmes rien de suspect sur la route, mais une fois à bord du paquebot qui fait la traversée du canal Saint-Georges, nous vîmes, au vent de nous, *le Saint-Jean-Baptiste* qui donnait toutes ses voiles à la brise et semblait railler notre fuite.

C'était à Londres que nous comptions embarquer pour l'Australie. Les Smith, étaient sur le port au moment de notre arrivée. Miguel les aborda et leur proposa un combat loyal. Jonatham répondit :

— J'avais acheté Bambô trente livres sterling à l'intendant de la pêcherie. Bambô était à nous; nous sommes ses héritiers. Il nous faut la tonne d'or.

Il ajouta en tournant le dos :

— Naranja nous la donnera.

Quelques jours après, cherchant une querelle à tout prix, je frappai Jonathan au visage dans Haymarket, à la porte du théâtre, Il pâlit, mais il se retira sans riposter.

— Je ne veux pas vous tuer, dit-il. Il ne faut pas que le secret meure ! Cela sera payé plus tard.

Que faire? fuir encore? à Paris, on trompe toute poursuite : c'est le proverbe. Nous vînmes à Paris. Paris, pour nous ne valut pas mieux que Londres. Je sentais les démons dans notre air.

Je songeais à toi, d'abord pour un stratagème, né dans la fièvre de mes nuits. Je comptais te confier Naranja pendant qu'une autre femme jouerait son rôle près de nous. Nous aurions ainsi divisé leurs poursuites, ou bien, débarrassés de toute crainte au sujet de mon cher trésor, nous aurions pu prendre l'offensive et au besoin attaquer nos ennemis de vive force. Mais dans la maison où nous étions, la fille d'un voyageur étranger mourut. Naranja vit les préparatifs ordonnés par le malheureux père pour emporter l'enfant bien-aimée dans son pays natal. Elle proposa d'elle-même le stratagème que nous avons employé.

Tout était préparé, je suis allé à toi pour avoir un soldat de plus dans notre petite armée. Je t'ai dit ce que nous attendions de toi. Voici l'heure : tu vas monter à cheval...

Roger tendit sa main et répondit :

— Je ferai de mon mieux.

— Ce qui vient d'elle est heureux, reprit Mornaix les yeux fixés sur la fenêtre ! nous avons bien fait de suivre son idée. Cette lueur du dehors est pour nous le meilleur de tous les présages. Ils ont été trompés, cette fois, puisque, durant toute une nuit, ils n'ont rien entrepris contre nous. Nous te suivrons de près. Si nous quittons la France à leur insu, tout est dit; car en revenant du Rodney, Naranja aura ses gardes comme une reine.

Cette parole était à peine tombée qu'un chant de coq éclata au dehors. Mornaix tressaillit, et, d'instinct, colla sa tête au mur. Roger, au contraire, fit un mouvement et se leva à demi, disant :

— Voici qui annonce le jour.

Un coup de feu retentit à une assez grande distance et la glace antique qui ornait la cheminée s'étoila en larges rayons, frappée à son centre par une balle qui avait brisé un carreau au passage.

Plus prompt que l'éclair, Mornaix se précipita sur Roger et le terrassa. Il était temps. Deux autres coups de feu sonnèrent. La lampe tomba fracassée et le dossier de la chaise de Roger fut brisé en pièces.

Le jardin s'emplit aussitôt de bruits. Le chien Turc hurla, des coups de sifflets se croisèrent et l'on entendit la voix puissante du Malgache qui criait au loin :

— A moi !

La chambre restait désormais plongée dans l'obscurité, car c'est à peine si les premières lueurs du jour combattaient l'ombre au dehors, la lampe s'était éteinte en tombant.

Chose singulière, Naranja n'appela point, comme si tout ce fracas subit l'eût laissée dans son tranquille sommeil. Mornaix saisit son arme et bondit jusqu'au seuil, disant :

— Reste ici; ne quitte cette chambre sous aucun prétexte. Tu as le poste d'honneur !

Deux sauts le mirent au bas de l'escalier; puis son cri traversa la nuit.

Roger entendit des bruits de pas qui allaient s'éloignant. Un instant des chants de coq semblèrent railler dans diverses directions. Puis les pas se perdirent complètement au lointain et les voix se turent. Un silence profond se fit, rompu seulement à intervalles inégaux par le cri rauque de la girouette tournant au vent du matin.

Roger attendait debout, au milieu de la chambre, la carabine à la main. Il ne connaissait pas la peur, et son horreur contre les aventures venait peut-être de ce fait que l'idée du danger n'existait pas pour lui. Les gens qu'on appelle braves; les chercheurs de périls, cèdent presque tous à ce magnifique attrait qui est la réaction d'une âme bien trempée contre la la frayeur. Roger avait cet autre courage qui, sans être supérieur, est plus naïf et plus sûr : le courage de la complète insouciance. En ce moment pourtant son cœur était serré; ce silence pesait sur sa poitrine. Il eût donné quelque chose pour être où l'on courait, où l'on se battait. Le sang bouillait dans ses veines.

Mais Mornaix avait dit : « Reste ici. » Et Naranja dormant dans la chambre voisine n'avait pas d'autre défenseur que lui.

Il lui sourit parmi son angoisse, car cette pensée lui vint : Nannette et Naranja devaient un jour se connaître et s'aimer.

Après deux ou trois minutes d'attente, qui lui semblèrent longues comme des heures, une sorte de gémissement sourd monta du jardin. Roger ouvrit la fenêtre. Une masse noire et immobile était le long du mur. Il n'y avait rien autre chose.

L'idée de descendre venait à Roger, lorsqu'un bruit léger se fit chez Naranja. Elle s'éveillait peut-être. En même temps, loin, très loin, trois coups de feu retentirent. Dans le silence qui suivit, Roger crut entendre le nom de Robert prononcé d'une voix faible par la jeune femme.

Il appela, personne ne répondit. Cependant, le bruit reprenait à se faire entendre; il semblait que Naranja luttât contre un mauvais rêve. Roger appela encore, puis il frappa doucement. Rien.

La terreur le saisit.

— Naranja ! Naranja ! cria-t-il de toute sa force.

Rien encore.

Il tourna le bouton de la porte; elle était fermée.

Qui l'avait fermée? La sueur froide lui vint aux tempes.

Il souleva l'un des lourds fauteuils et le lança à tour de bras contre la porte qui se fendit; un furieux coup de pied élargit le passage.

— Naranja ! madame, où êtes-vous?

Le lit était vide et la fenêtre grande ouverte.

Roger étreignit sa poitrine à deux mains, car ceci annonçait un horrible malheur.

Tout notaire qu'il était, il franchit l'appui de la fenêtre d'un saut, sans calculer la distance, et tomba rudement sur le sable du jardin.

Le jour avait grandi. De près, on pouvait distinguer les objets.

Une échelle se dressait contre la muraille, sous les fenêtres de la chambre, où avait dormi Naranja.

X

Roger, la mort dans l'âme et s'accusant de n'avoir pas couru au premier appel, fouilla le jardin dans tous les sens; puis il en franchit la clôture se mit à errer dans la campagne, appelant Naranja, Robert, Miguel et défiant à grands cris des ennemis invisibles.

Au détour d'un sentier, il se trouva face à face avec Mornaix, pâle et le front entouré d'un mouchoir sanglant.

— Ils étaient plus de trois, dit Mornaix en lui faisant rebrousser chemin. Je sais tout. J'aime mieux que tu n'aies pas été là. Tu aurais eu une balle dans la tête avant d'épauler ta carabine. C'est notre faute à nous et non la tienne. Tu es resté à ton poste. Nous autres nous avons été joués comme les enfants. Il y avait là une bonne moitié de l'équipage du *Saint-Jean-Baptiste*. Pendant que nous poursuivions trois coquins portant les propres habits des Smith, et pensant jouer notre va-tout les armes à la main, les frères Smith étaient déjà dans la maison. Je te dis que leurs sauvages stratagèmes réussissent chez nous comme au désert. Ils ont cet avantage des gens qui ne connaissent même pas les barrières de la loi.....

Il parlait avec une froide volubilité; mais en parlant il marchait si vite que Roger avait peine à le suivre.

— Naranja... commença ce dernier.

Mornaix ferma les poings.

— Là-bas, prononça-t-il avec une colère concentrée, nous n'aurions jamais abandonné Naranja. Là-bas nous n'eussions pas donné dans le piège. C'est l'idée, l'idée fausse de je ne sais quelle protection légale, la pensée que nous étions en pays civilisé, l'idée qu'on ne peut faire, en définitive, cinq cents pas dans ces riches campagnes sans rencontrer une habitation, des hommes, des secours...

Il se prit la tête à deux mains si violemment que sa blessure froissée lui arracha un cri d'angoisse.

— Naranja ! Naranja ! dit-il en un subit élan de désespoir; le bonheur entier dans la vie !

Quand il découvrit son visage des larmes brûlaient ses yeux. Roger le pressa sur sa poitrine, parce que c'est une chose poignante de voir pleurer certains hommes.

— Anhita aurait peur, reprit Mornaix en se redressant brusquement, si elle voyait mes paupières mouillées. Elle ne me reconnaîtrait plus... Allons !

Il poursuivit sa route vers la maison et son pas était ferme.

Le jour était tout grand quand ils arrivèrent. Grelot et Miguel attendaient dans la cour avec quatre chevaux tout sellés. Madeleine gisait sur son lit et Vincent tremblait la fièvre. Ils avaient vu le diable cette nuit. On les avait garrottés, baillonnés, et le pauvre vieux Turc saignait par son énorme blessure.

— Les gendarmes sont sur pied, dit Grelot.

— C'est nous qu'ils vont arrêter, répliqua Mornaix amèrement.

Et Roger, malgré son émotion sincère, ne pouvait s'empêcher de penser :

— Si j'étais gendarme, je n'en ferais pas d'autres !

Les gendarmes, en conscience, n'ont pas à deviner le mot de ces invraisemblables énigmes.

— Gendarme ou non, gronda le Malgache, malheur à qui se mettra devant moi !

Sans doute que les gendarmes arrivèrent trop tard. Le seul obstacle rencontré par nos cavaliers fut une troupe de paysans armés de fourches et conduits par un garde champêtre. Cette armée improvisée se débanda à leur approche.

On galopa silencieusement vers Dreux. Les rôles étaient changés. Désormais, on donnait la chasse au lieu de la recevoir. Le Malgache avait relevé les pistes autour de la maison comme si on eût été en pleine prairie mexicaine. Sa déclaration, plus nette et plus authentique que celle d'un expert juré, portait que sept cavaliers avaient pris, ce matin, la direction du nord-ouest. *Le Saint-Jean-Baptiste* devait être au Havre ou à Honfleur. Mornaix avait opté pour le Havre, et comme on n'avait point de relais sur la route, nos quatre compagnons devaient prendre le chemin de fer à Mantes qui était la station la plus voisine.

Mornaix marchait en avant avec Roger. Miguel et Grelot suivaient, échangeant à de longs intervalles quelques rares paroles. Roger en put saisir quelques-unes entre autres celles-ci.

— Maintenant qu'ils ont la señorita, leur jeu est de nous canarder tous tant que nous sommes pour ne rien laisser derrière eux.

Le Malgache répondit :

— S'ils nous attaquent, c'est qu'ils seront sûrs d'en finir d'un seul coup. Ils ont gagné le gros lot. C'est à eux d'être prudents.

Après la première heure, muette et morne, Mornaix dit, de sa pauvre voix changée et comme s'il eût voulu se convaincre lui-même :

— Il ne faudrait pas exagérer le danger qu'elle court. Leur intérêt est de ne lui faire aucun mal. C'est pour eux la poule aux œufs d'or. S'ils la tuaient, ils perdraient tout.

— Mon avis, répliqua Roger, est toujours qu'il y a des magistrats en France. Prétendre que trois scélérats ou même dix, vingt, cent scélérats sont plus forts que la justice me semble une pure extravagance.

Mornaix haussa les épaules.

— Quand nous atteindrons le Havre, prononça-t-il avec accablement, Anhita sera hors des limites où le bras de la loi peut atteindre.

— Alors, aux grands maux les grands remèdes. Pourquoi

ont-ils enlevé Naranja? Pour avoir la tonne d'or? Donne-leur la tonne d'or et ils te rendront Naranja.

Mornaix éperonna furieusement son cheval.

— On peut essayer de cet onguent-là, dit Grelot par derrière.

— Avant qu'ils aient atteint Rodney, ajouta le Malgache, ce serait bien le diable si on n'avait pas dix occasions pour une de leur casser la tête à tous.

La course se poursuivait silencieusement et rapide. Au moment où ils arrivaient au pont qui traverse la ligne de Paris à Cherbourg, au-dessus de Dreux, le convoi de Paris s'approchait à toute vapeur. Roger poussa un grand cri et lâcha la bride pour porter la main à ses yeux comme si un éblouissement l'eût saisi.

Le nom de Nannette tomba de ses lèvres. Il voulut appeler mais le train s'engouffrait sous le pont avec un bruit de tonnerre.

Il ne s'agit pas de minutes, quand on parle de ces prestigieux chevaux que la science a enfermés par douzaines dans la chaudière d'une locomotive. La seconde qui suivit, le convoi glissait déjà au lointain, laissant flotter derrière lui sa tourbillonnante crinière. Roger était resté sur le pont, accompagnant du regard l'énorme serpent qui fuyait dans la fumée.

Il vit, ou crut voir, un point qui brisait la ligue nette et géométrique de ces profils : une tête de femme penchée à la portière... Il prononça pour la seconde fois le nom de Nannette.

Mornaix l'appelait déjà, et quand Roger raconta sa vision, Mornaix se prit à rire.

— Qu'irait-elle faire à Cherbourg? lui demanda-t-il.

Roger chercha laborieusement en lui-même la réponse à cette question, et ne la trouva point. Après une demi-lieue encore, faite ventre à terre, l'impression courte et vague qu'il avait reçue alla s'effaçant. Il garda au cerveau cette sorte de meurtrissure que laisse un rêve. Il ne savait plus, il doutait. Certes, l'illusion avait été vive; il avait vu ce profil connu et charmant, cette bouche si bien sculptée pour sourire : mais tout cela dans l'ombre relative qui emplit l'intérieur d'un wagon, de loin, et si peu de temps ! Et de lui-même déjà il se disait :

— Ce n'est pas, ce ne peut être elle ! Qu'irait-elle faire à Cherbourg?

A Cherbourg ! si loin de Paris ! Nannon la fauvette de la mansarde ! Il leur faut Paris à ces pauvres petites fées qui gagnent le pain quotidien par le miracle de leurs doigts. Paris est le grand marché pour les fleurs que Dieu ne fit point naître d'un regard du soleil, d'une larme de la nue, pour les fleurs qui coûtent l'ennui, la fatigue, et qui se colorent au prix de tant de sourires perdus ! Il n'y a que Paris pour le travail des femmes comme pour le labeur des poètes.

Pourquoi à Cherbourg, Nannette?

Mais avez-vous entendu parfois ces refrains bizarres et tenaces qui durent tout le temps d'un voyage et que chantent les roues de votre voiture? Vous avez beau faire pour imposer le silence à cette chanson, elle persiste. Une fois que votre oreille a associé son rythme fantastique au mouvement qui vous entoure, la chanson va s'entêter; vous la chassez, elle reviendra comme ces mouches cruelles qui boivent la sueur et le sang des chevaux.

Eh bien ! dans le galop de sa monture, Roger entendait une chanson de *Sainte-Anne en Auray*, la dernière chanson de Nannette :

> Si j'pouvais trouver un trésor,
> Dans un vieux pot des pièces d'or !

De l'or, toujours et partout de l'or ! De l'or plein une tonne, de l'or dans un vieux pot !

Mais ce n'était qu'une chanson, l'ombre d'une chanson. Roger connaissait bien Nannette, peut-être ! Un cœur d'enfant, désintéressé, généreux. Elle avait eu parfois de fières idées d'épargne, mais la voix du mendiant qui montait de la rue brisait toujours sa tirelire du premier coup. Roger se disait cela, et son cœur battait, et ses yeux étaient humides.

Cependant la chanson s'obstinait, réglant sur le galop sa mesure monotone :

> Si j'pouvais trouver un trésor;
> Dans un grand pot des pièces d'or !

Qui sait ! Nannon allait peut-être à Cherbourg ou plus loin. Le cheval de Roger n'était, certes, pas cause. C'était lui pourtant, qui recevait les coups d'éperon.

Quand nos quatre cavaliers, couverts de poussière, mirent le pied sous la gare de Mantes-la-Jolie, la chanson se tut et Roger vit Nannette, dans sa mansarde, les deux mains croisées sur ses genoux, la lèvre muette, les yeux mouillés.

C'était bien ici le vraisemblable. Le vrai voyageait-il sur la route de Cherbourg?

Le train express devait passer dans une demi-heure. Nos amis avaient laissé leurs carabines à la maison de Mornaix. En apparence, ils étaient sans armes, mais Robert, Grelot et Miguel portaient leurs revolvers. Roger, éveillé de son rêve et rendu au drame réel où le hasard et son cœur lui donnaient un rôle, inspecta en conscience l'intérieur de la gare et les alentours. Ses trois compagnons accueillirent avec un sourire froid l'annonce qu'il n'avait rien trouvé.

— Nous serons au Havre avant eux, dit Mornaix. La question n'est pas là. Tout dépend du *Saint-Jean-Baptiste.*

Le jour allait baissant quand ils descendirent au débarcadère du Havre, et Roger ne put s'empêcher de penser que vingt-quatre heures auparavant, minute pour minute, il montait gaiement l'escalier de Nannon. En si peu de temps, une existence peut-elle ainsi se transformer de fond en comble? Et tant d'événements tiennent-ils en une journée? Lorsque Roger venait à penser à son rendez-vous chez Me Piédaniel, à Mlle Eudoxie et à son contrat de mariage, il se croyait fou.

Au Havre on prit trois chambres à l'*Hôtel d'Angleterre* sur le quai. Grelot et Miguel n'entrèrent même pas, tant ils étaient pressés de se mettre en campagne. Mornaix dit à Roger :

— Reste ici et prends du repos. Je te préviendrai si j'ai besoin de toi.

Et il s'en alla comme les autres.

C'était le cas ou jamais d'écrire la fameuse lettre d'excuses à Me Piédaniel. Roger demanda solennellement une plume, du papier, de l'encre. Il monta dans sa chambre et s'assit plein de zèle devant le secrétaire banal.

Pendant cela, Miguel parcourait les bassins, à la recherche du *Saint-Jean-Baptiste*. Mornaix gagnait la jetée du nord pour inspecter le large, et Grelot prenait langue dans les cabarets du quartier marin.

Miguel ne trouva point ce qu'il cherchait dans les bassins, mais il fit connaissance d'un rôdeur qui lui enseigna le meilleur tripot de la basse ville. A la première once d'or mexicaine qu'il risqua sur le tapis, dix voix s'écrièrent :

— Encore un lascar du *Butter-Fly !* il a leur monnaie !

— Qu'est-ce que c'est que le *Butter-Fly ?* demanda Miguel.

— Un joli petit brick, mâté à neuf, repeint de frais, et monté par douze lurons qui font rouler les cruzades !

— Où sont-ils donc ces lurons, qu'on leur gagne quelques quadruples ?

— Leur brick a dérapé avec le jusant de ce soir. Ils vont on ne sait où, mais ça ne doit pas être à la pêche de la sardine !

Miguel perdit sa mise et quitta la partie.

— Mâté à neuf, repeint de frais ! pensait-il.

Quand Miguel rejoignit Mornaix devant le brise-lames, celui-ci braquait une longue-vue en rivière, suivant, aux dernières lueurs du crépuscule, les mouvements d'un brick qui courait des bordées contre la marée et le vent comme s'il eût voulu gagner Honfleur.

— Le *Butter-Fly !* dit-il, épelant les lettres du nom écrit à l'arrière.

— Le *Saint-Jean-Baptiste !* répliqua Miguel tranquillement.

— Ce n'est ni la même peinture ni le même gréement.

— Les navires se déguisent comme les hommes.

— Alors embarque ! s'écria Mornaix, il nous le faut !

— Voici, dit Grelot qui tournait l'angle de la jetée, un bon garçon bien pressé d'offrir ses respects à monsieur le comte.

Il tenait au collet Jack, le petit mousse du *Saint-Jean-Baptiste.*

— A force de regarder à travers les carreaux de tous les cabarets, poursuivit Grelot, j'ai fini par aviser le profil de cet honorable gentleman. Il reste ici trois hommes de l'équipage qu'on viendra chercher en canot. L'honorable gentleman se

flatte, pour peu que vous récompensiez sa peine, de vous mé-
nager une entrevue avec les frères Smith, cette nuit.

Mornaix et le Malgache se consultèrent du regard.

— Vous avez l'idée d'aller nous dénoncer à la marine, je
vois bien ça, murmura Jack le mousse, mais voici la nuit et
les signaux sont prêts.

— Où, les signaux? demanda Miguel.

— Ici ou là, je n'en sais peut-être pas plus long que vous.
Seulement, si la patache fait seulement mine d'appareiller,
les signaux s'allumeront et les oiseaux prendront leur volée.

— Écoute, dit Mornaix après un instant de réflexion, la
señora ne sait rien. Les patrons font fausse route. Moi seul
peux leur donner ce qu'ils désirent et je leur donnerai pour
la rançon de sa señora.

— C'est bien, murmura Jack. Ça regarde les patrons.

— Où est le rendez-vous des matelots?

— Au grand chantier Lenormand, à minuit, de l'autre
côté de Frascati.

— A minuit nous serons sans armes au grand chantier
Lenormand. Voici vingt-cinq piastres pour l'entrevue et vingt-
cinq autres pour ces quatre mots que tu diras tout bas à la
señorita : « On veille sur vous. »

XI

UNE PLUME, DE L'ENCRE, DU PAPIER

Il y a des gens que l'atmosphère d'une chambre d'hôtel égaye; j'en sais d'autres que la vue de ces banales murailles fait mourir de mélancolie. Roger était garçon; à Paris, son cœur n'habitait pas sa maison. Il prenait d'ailleurs la vie comme elle venait et ne pouvait point passer pour une nature très impressionnable. Néanmoins, notaire dans l'âme et chèrement prédestiné aux joies du ménage, il éprouva d'abord un sentiment pénible. Les chambres d'hôtel ont une odeur à elles, personne ne peut nier cela. Elles sentent la solitude, l'absence, la chose louée à tant par heure; hier, ce lit, sous lequel ne traînent point les pantoufles, appartenait à un autre; il n'y a ni bénitier ni souvenirs au fond de cette ruelle; il semble qu'on va coucher sur un banc du boulevard.

Ce qui console, ce qui réchauffe dans ce froid abandon, ce sont justement les trois choses que Roger avait demandées : une plume, de l'encre, du papier. Pour le poète, ces trois choses sont le chez soi lui-même; pour les autres, elles ont une voix qui parle doucement des absents. On va causer; Cette plume sera fée dès que l'encre aura humecté son bec; ce papier, messager sûr, aura tout à l'heure des ailes. La solitude se peuple, la distance est supprimée; vous pouvez envelopper dans cette petite feuille blanche le mieux aimé des battements de votre cœur. Là-bas, l'autre cœur le sentira et battra.

Roger n'était pas un poète, mais comme les poètes, et plus que les poètes peut-être, les notaires ont droit aux caresses de la plume, de l'encre et du papier. Il semblait à Roger qu'il n'avait pas vu ces bien-aimés objets depuis dix ans. Ce n'était pas sa large et commode écritoire, ce n'était ni son papier à minutes, timbré magistralement, ni son papier à lettres frappé d'initiales gothiques, ce n'était pas surtout sa plume à manche d'ivoire avec une belle monture d'argent, mais c'était de l'encre, c'était une plume et c'était du papier.

Roger avait eu tout cela, il est vrai, à la maison Mornaix, mais les événements allongeaient pour lui le temps d'une si prodigieuse façon que chaque heure grandissait à la taille d'une année. Il s'assit devant le secrétaire, disposa son papier comme il faut, trempa sa plume dans l'encre, le tout avec une satisfaction non équivoque, et réfléchit à la bonne lettre qu'il allait écrire à maître Piédaniel, son patron.

En conséquence de quoi, sa plume se mit à courir et traça cette première ligne :

« Ma chère Nannette... »

— Au diable ! s'écria-t-il moitié riant, moitié fâché, heureusement que ce n'est pas du papier timbré !

— Autant vaut, poursuivit-il, lui écrire tout de suite un petit mot, je n'aurai plus de distraction quand ce sera fait.

Sa plume se remit à courir disant :

« Je devrais vous appeler mademoiselle, car vous m'avez fait du gros chagrin, mais je suis bien sûr que vous avez pleuré quand vous n'avez plus chanté. Vous m'avez promis d'être ma femme, et qu'est-ce que ça vous fait le trésor de la chanson de Sainte-Anne? « Dans un grand pot de pièces d'or ! » Nous irons à Sainte-Anne d'Auray, nous irons ensemble, j'en ai fait le vœu.

« Je devine tout : vous avez voulu me fâcher, vous venger; on vous avait dénoncé le travail de maman, l'affaire Piédaniel, le mariage avec Mlle Eudoxie... Êtes-vous assez simple !

Comme si je pouvais me marier sans vous !... Mais je n'ai pas le temps de bavarder. Ce que j'ai d'histoires à vous raconter, bon Dieu ! depuis hier ! car c'était hier... Vous savez si je déteste les aventures ? Eh bien ! en punition de ce que j'ai douté de vous un petit moment, les aventures pleuvent sur moi en averse. Je ne sais plus où j'ai la tête.

« Et d'abord, en vous quittant... ah ! j'avais le cœur bien gros ! Je ne vous l'ai jamais dit, mais j'allais quelquefois, j'allais souvent même, au cimetière Montparnasse prier sur la tombe de votre père et de votre mère. S'ils m'avaient connu, ils m'auraient aimé. Je causais avec eux ; je me figurais votre douce mère telle que vous me la dépeigniez en souriant parmi vos larmes ; je voyais votre vieux soldat de père et je les remerciais comme si j'eusse tenu d'eux leur chère petite fille : tous les sourires, tous les espoirs de ma jeunesse !

« Donc en vous quittant, j'allais comme un désespéré, me disant : « Je suis un bon vivant, je n'ai pas de cœur ; cela « me fait bien moins d'effet que je ne l'aurais cru. Affaire « d'habitude. Demain, j'y songerai encore un peu, après- « demain pas beaucoup, et je n'y songerai plus du tout au « bout de la semaine. »

« Mon Dieu ! les pauvres fanfaronnades ! je ne vous dirai pas à quoi je pensais en regardant l'eau couler sous le pont.

« Et ce fut en regardant couler l'eau que j'eus ma première aventure. Un premier chapitre de roman où je lisais tout à coup mon nom à l'improviste...

« A propos de nom, aimez-vous celui-ci : Naranja ? Cela devient Anhita quand on caresse. Vous pourrez bien quelque jour être sa sœur, à cette douce Anhita.

« Je suis si heureux que je cause pour causer ; je ne vous ai encore rien dit de ce que j'ai à vous dire. Et c'est énorme. J'allais donc chez M. Piédaniel lui dire que je ne pouvais pas épouser sa demoiselle Eudoxie quand je rencontrai, Mornaix, vous savez, Robert Mornaix, Robert le Diable, dont je vous ai parlé vingt fois, cent fois peut-être, mon ami d'enfance, mon meilleur ami. Naranja est sa femme et ils ont une tonne d'or. C'est-à-dire, ils ne l'ont pas, mais ils croient savoir

qu'elle est en un certain lieu de l'Australie du Sud, aussi facile
à trouver qu'une aiguille dans une meule de foin. Je passe les
détails, la voiture des pompes funèbres, les épisodes du
Mexique, où il y a une révolution tous les matins, et la mort
du pauvre nègre, ancien compagnon de Gordon Leath, le
charmeur des chiens : vous ne comprendriez pas tout cela.
J'ai rarement entendu parler de coquins aussi dangereux que
les trois Smith. Mornaix ne veut pas s'adresser à la police; il
a ses idées à ce sujet; je ne les partage pas. Ses ancêtres possé-
daient un domaine fort considérable dans la Beauce, il dési-
rerait le racheter : c'est naturel. Avec la tonne d'or, il aurait
de quoi. Seulement, nous n'avons pas la tonne d'or.

« Je ne saurais vous expliquer pourquoi, pendant que
Mornaix me parlait, toutes ces imaginations me paraissaient
on ne peut plus vraisemblables. La principale preuve, ce
sont les Smith qui existent très parfaitement, puisque j'en
vis deux sur le pont Saint-Michel, hier au soir, pendant que
je regardais couler l'eau, et puisqu'ils ont enlevée cette nuit
la pauvre Naranja.

« Elle est charmante, figurez-vous une miniature d'ange.
J'ai fait ce rêve de nous voir heureux tous quatre ensemble :
vous ma femme et moi leur notaire.

« Et voilà peut-être pourquoi je parle d'événements qui
sont terribles sans trop d'émotion apparente : c'est que j'ai
été pris à l'improviste et précipité la tête en bas, comme on
tombe au fond d'un trou, dans un drame extravagant et
tout à fait invraisemblable. Je ne crois pas aux péripéties
qui m'entourent et qui pourtant sont la réalité. Je me roidis
à chaque instant contre l'évidence. Je me crie à moi-même :
« Cela n'est pas, cela ne peut pas être ». Il n'y a chez nous
de lions qu'à la ménagerie et de sauvages qu'au théâtre.
Pour voir les uns et les autres il faut payer sa place. Nous
sommes en France. La France est le centre des civilisations
modernes. Trois mille commissaires de police la gardent. Il
faudrait un esprit rompu au calcul pour nombrer les officiers
de paix, les sergents de ville, et les gendarmes qui prêtent leur
aide aux commissaires de police. J'évalue à trente mille, au

bas mot, les gardes champêtres seulement. Et une douzaine de coquins cuivrés pourraient faire la loi ! C'est absurde.

« Il est vrai que Mornaix a des raisonnements. Je le soupçonne de pencher pour la sauvagerie. Il prétend que ces drôles vont plus vite que les locomotives. Il hausse les épaules quand on lui parle du télégraphe. Supposez douze démons dans un pays; il est bien sûr qu'ils auront raison de tout. Ce sont des démons...

« Et puis ils ont Naranja en leur pouvoir. Ni la vapeur, ni le télégraphe, ne sont assez rapides pour parer un coup de poignard.

« Mais, pendant que j'y pense, vous me jugiez donc bien naïf ! Essayer de me faire croire, à moi, à moi ! que vous n'êtes pas pure comme les anges ! « Connu ! » Vous avez dit cela ! Et avec l'accent ! Vous avez dit : « C'est lâche les hommes ! ! ! » Je vous ai percée à jour : je parie que vous aviez vu ma mère et qu'elle vous avait endoctrinée !

« Pauvre chère mère ! C'était comme vous, elle croyait faire son devoir. Vous avez pleuré toutes les deux et je suis sûr qu'elle vous a embrassée. Elle m'aime tant ! et vous aussi !

« Alors vous avez conspiré, le cœur gros toutes deux; car vous saviez quel mal vous alliez me faire. Et pourquoi faire tant de mal à ceux qu'on aime si bien? Le devoir? Nous parlions de sauvages. Il se passe à Paris des chinoiseries qui étonneraient bien les Chinois.

« Vous me torturiez et vous vous torturiez vous-mêmes, tout cela parce que Mlle Eudoxie a une dot de deux cent mille francs. L'avenir ! disiez-vous. Il faut qu'il soit heureux. Et d'autres sornettes !

« Savez-vous l'idée qui me vient? Me voilà qui ris tout seul et j'ai les yeux mouillés. C'était elle qui était dans le bûcher ! N'est-ce pas que j'ai deviné? Elle était là. Je la vois d'ici aux aguets, curieuse, émue, étonnée. Elle n'avait jamais supposé qu'il y eût au monde un ange aussi ange que vous. Et après comment vous a-t-elle embrassée?

« Oh ! je suis heureux ! Je sais de science certaine que tout cela finira bien.

« Et n'allez pas croire que nous soyons séparés pour longtemps parce que je suis à soixante lieues de Paris. Mon rôle
me semble fini ou à peu près dans ce roman où je n'ai que
faire. Robert doit bien voir que je ne suis pas l'homme des
aventures. Il avait réclamé mon aide sous prétexte d'un duel,
et je ne prétends pas qu'il ait menti, car nous avons senti
de près l'odeur de la poudre. Seulement, moi, je comprends
le duel à la Porte-Maillot, avec des pistolets chargés par des
témoins qui comptent les pas et règlent honnêtement les
conditions. Ces diables-là n'y mettent point tant de façon.
Ils cassent les vitres avec leurs balles pendant qu'on est à
causer tranquillement chez soi. Je vous raconterai l'enlèvement de notre Naranja et toute l'affaire de la tonne. Quand?
peut-être demain, car Mornaix n'a plus besoin de moi, et
moi, j'ai besoin d'aller à mes affaires.

« Pourquoi Mornaix me retiendrait-il? Je suis incapable
de lui rendre service et c'est bien l'avis de ses deux compagnons que j'ai vus sourire en me regardant.

« Réflexions faites, j'irai faire mes excuses de vive voix à
maître Piédaniel. Ce sera plus poli. Une lettre est toujours
froide et il faudrait dix pages pour lui expliquer mes motifs.
Dix pages écrites à un autre, c'est effrayant. A vous j'écrirais
des volumes. Comme nous allons être heureux ! malgré moi,
je chante votre chanson bretonne... mais, chut ! j'entends
la voix de Mornaix. Il rentre avec son bataillon sacré. Je
vous quitte pour avoir des nouvelles de notre Naranja, et
aussi pour savoir si je vais prendre le train-poste. A tout à
l'heure ! »

Roger se leva. On entendait en effet du bruit dans la chambre
voisine. Roger se dirigea vers la porte afin de l'ouvrir, car il
croyait que Mornaix allait entrer pour lui rendre compte de ce
qui s'était passé, mais son nom prononcé par le Malgache l'arrêta.

— Le notaire doit faire un petit somme, dit Grelot, comme
cette nuit, pendant qu'on enlevait la señorita.

Le rouge monta aux joues de Roger.

— Il faut le laisser tranquille, opina Miguel, ce serait pitié
d'exposer un homme comme lui.

Mornaix ne parla point.

— Parbleu ! pensa Roger, on n'a pas haute opinion de mes mérites, ici près !

Les chaises grincèrent sur le plancher de la chambre voisine, qui était celle de Mornaix, et les trois compagnons prirent place. J'ignore pourquoi les portes d'hôtel laissent passer le son comme des claires-voies, mais il est certain que Roger, bien qu'il ne fût pas tout à fait aux écoutes, ne perdait ni un mouvement ni une parole. Mornaix dit froidement, mais avec conviction :

— Cette fois-ci, nous pourrions bien rester sur le terrain.

— Bah ! fit Grelot.

— Avec nos revolvers... » commença Miguel.

Mornaix l'interrompit et prononça d'un ton péremptoire :

— J'ai promis que nous serions sans armes, nous serons sans armes !

Il y eut un silence.

— Alors, reprit le Malgache, si nous ne sommes plus en état de nous protéger nous-mêmes, il faut aller où tout le monde va et prévenir la police.

Grelot se mit à rire et dit :

— Ces outils-là ne sont pas faits pour nous.

Comme Mornaix tardait à répondre, Roger crut qu'il allait enfin entrer dans la voix commune et s'adresser à la loi. Mais quand Mornaix prit la parole, ce fut pour répéter :

— Ces outils-là ne sont pas faits pour nous.

Il ajouta en forme d'explication;

— Avant l'enlèvement de Naranja, nos ennemis n'avaient rien fait encore qui pût les mettre sous le coup de la police. Il n'était pas temps. Maintenant qu'ils ont Naranja en leur pouvoir, à bord de leur brick maudit, il n'est plus temps. Naranja est un otage. Les servants de la loi marcheraient; c'est leur devoir précis, et dès que leur devoir est précis, ils l'exécutent; mais que peuvent-ils? Nous prêter main-forte? En quelle occasion et contre qui? Il y a des yeux ouverts dans les rues du Havre, ce soir. Au premier mouvement suspect, les signaux parleront et les gens de police promèneront leur ronde inutile sur la grève. Comment empêcher trois ou quatre lanternes de s'allumer à la fenêtre d'une mansarde? *le Saint-Jean-Baptiste* ou *le Butter Fly*, puisque c'est maintenant son nom est le plus fin voilier que je connaisse. Il vente bonne brise est-nord-est. Avant qu'un vapeur ait chauffé, *le Butter Fly* sera hors de vue... Admettons, cependant, le contraire, supposons qu'on puisse l'atteindre. Il faudra pour cela des heures, et il ne faut qu'une seconde pour approcher un poignard de la poitrine d'une femme sans défense.

Roger écoutait, stupéfait; stupéfait surtout d'être obligé de se rendre à cette sauvage logique qui restait vraie et toute puissante en pleine civilisation. Il savait, celui-là, les forces de la loi; il ne connaissait rien de plus fort que la loi. Il ne voyait de bornes au pouvoir de la loi que les frontières mêmes de la civilisation. Tout au plus concevait-il la révolte dans les cavernes et dans le désert.

Ici, le désert se déplaçait en quelque sorte, apportant avec lui sa barbarie triomphante. Un combat possible seulement au sein des savanes s'était engagé et se poursuivait, traversant les villes et les campagnes de la France, pour se dénouer, toujours caché par un nuage diabolique, au beau milieu du port le plus fréquenté de l'univers.

Il n'y avait plus à juger les choses du haut d'une raison qui perdait sa compétence. Quand Roger s'interrogea pour savoir ce qu'il ferait à la place de Mornaix, son bon sens hésita, et finalement garda le silence.

Naranja était otage entre les mains des frères Smith. Et Roger, d'après le récit de Mornaix, connaissait assez les frères Smith pour inférer ce que pesait pour eux la vie d'une femme.

Comme onze heures sonnaient aux pendules de l'hôtel, nos trois compagnons se levèrent. Il était temps. Le Malgache et Grelot s'étaient rendus à l'opinion de Mornaix. Il n'y avait rien autre chose à faire que d'aller franchement à la grève porter aux frères Smith l'opulente rançon d'Anhita : Une tonne d'or pour une femme.

Seulement, le secret devenait alors la propriété indivise

des deux partis et ce dénoûment pacifique ne fermait que le premier acte du drame.

Roger les entendit descendre l'escalier; leurs dernières paroles avaient été sourdes et graves. Il ne s'agissait plus de combattre. On allait à un péril connu et contre lequel ne pouvaient rien la force ni la vaillance.

La porte extérieure de l'hôtel s'ouvrit, puis se referma. Des pas fermes et longs sonnèrent sur le pavé du grand quai.

Roger était revenu à sa table; il avait de nouveau trempé sa plume dans l'encre. Au lieu d'écrire, cependant, il réfléchit et se dit :

— Je ne suis bon à rien là dedans... A rien absolument !

Il ajouta en jetant sa plume pour presser son front à deux mains :

— Ce sont eux-mêmes qui le disent !

Il détacha sa lettre du cahier de papier, la plia en quatre et la mit dans sa poche.

— Et ils ont raison de le dire ! murmura-t-il encore, je ne suis bon à rien... absolument à rien !

En suite de cette conclusion définitive, il se leva comme un ressort, prit son chapeau et s'élança dans la chambre voisine. Les trois chaises étaient encore autour du guéridon. Sur le guéridon étaient déposés trois revolvers et trois couteaux-bowie.

Roger rentra dans sa chambre pour prendre son revolver et son couteau, car Mornaix l'avait équipé comme un chef. Il étendit son mouchoir sur la table et fit un paquet de toutes les armes qui y reposaient.

Puis il descendit l'escalier quatre à quatre et se mit à courir sur le grand quai, dans la direction suivie par Mornaix et ses deux compagnons.

Au bout de deux minutes il les aperçut marchant toujours de leur pas solide et calme. Il arrêta sa course alors. Son intention n'était pas de les rejoindre. Il régla son pas sur le leur, restant toujours derrière eux à cent mètres de distance. En marchant, il pensait .

— Ce sera ma dernière aventure, et je finirai ma lettre demain matin.

XII

OU ROGER FINIT SA LETTRE

Le tort de Roger n'était pas d'épuiser la réflexion. Il était assez bon homme d'affaires, dans tous les cas réglés par la pratique, et possédait réellement l'estime de la chambre des notaires, où son étoile lui marquait d'avance une place. En dehors des choses que gouvernent l'usage et la loi, il redevenait l'homme de sens, paresseux et insouciant qui laisse aller volontiers les événements à la grâce de Dieu. Sa haine pour les aventures n'allait pas toujours jusqu'à ce courage bourgeois, si utile et si profitable qui prend d'avance ses précautions. Les fous confondent ce courage avec la peur et se moquent des gens intrépides, mais prudents, qui regardent sous leur lit pour voir si quelque brigand n'eût point la méchante idée de s'y cacher.

Roger allait avec son paquet de revolvers et de couteaux qu'il portait à son bras comme un panier. Les plus défiants n'eussent eu aucun soupçon de cet arsenal, tant la tournure de notre ami était paisible. Il n'était pas bien sûr de faire là une chose utile ou même possible ; il n'avait, certes, pas grande idée de lui-même en ces matières ; mais son instinct l'avait guidé au premier moment, et maintenant, il continuait sa route, sans souci de peser le pour et le contre. Nous avons dû le dire déjà ; c'était, au fond, un chevalier que ce notaire : la pensée d'un grand danger l'eût attiré à son insu, mais il n'avait pas même l'idée du danger. Il suivait de loin ces trois ombres qui lui montraient le chemin, et c'était tout.

Il n'avait pas de plan; il ne s'était pas demandé ce qu'il ferait une fois sur le terrain. Il semblait que ceci ne le regardât point. Il songeait. Il se reprochait de n'avoir pas pris le temps d'écrire, ne fût-ce que deux mots à sa mère et à Me Piédaniel. Ceci devenait le remords de sa vie.

Mornaix, Grelot et le Malgache disparaissaient au coude du quai et de la rue Saint-Julien. Roger ne connaissait pas assez le terrain pour les suivre au jugé. Il pressa le pas et les aperçut de nouveau tournant l'angle de rue Saint-Jacques dans la direction de l'église Notre-Dame. Ils allaient lentement. Au premier carrefour et devant l'église même, Grelot prit sur la gauche, tandis que ses deux compagnons suivaient tout droit la rue de Paris; au second carrefour, le Malgache et Mornaix se séparèrent. Roger resta sur les traces de Mornaix.

Le pavé se faisait de plus en plus silencieux et désert. Depuis longtemps déjà les boutiques étaient fermées. C'est à peine si, de temps en temps, au fond d'une ruelle, redescendant au port, on apercevait la fumeuse lueur d'un cabaret. Mornaix atteignit la place Richelieu, mais au lieu de poursuivre jusqu'à la Mâture, il prit la rue de Berry qui conduit aux quartiers projetés. Dans le silence grandissant, Roger crut entendre bien souvent des pas qui n'étaient point ceux de son ami. Il s'arrêtait alors. Les bruits de la mer prochaine dominaient déjà complètement les derniers murmures de la ville.

— C'est l'écho, se disait Roger.

Au détour d'une voie large et bordée de bâtisses inachevées l'air plus frais le frappa au visage. Le dernier réverbère était derrière lui. Par-devant, c'étaient des terrains découverts, au delà desquels, vers le nord-ouest, les profils carrés des falaises tranchaient sur le ciel. Les deux phares de la Hève le regardaient comme des yeux ardents. A gauche, le terrain descendait vers l'ancienne banlieue qui borde la grève, et Roger devina au loin la frange d'écume blanche, festonnant la mer immense et noire.

Sur la mer, un point lumineux brillait par delà le quartier du Perrey. En traversant ces ruelles désertes, Roger perdit Mornaix de vue, mais il distinguait toujours son pas. La ville muette envoya une vibration lointaine et prolongée, c'était la demi de onze heures qui sonnait à une église. Au moment où Roger longeait la clôture en planches du grand chantier Lenormand, il cessa d'entendre les pas. En arrivant sur la grève du Perrey, il était seul. Mornaix avait disparu.

C'était le bas de l'eau. La mer qui ordinairement déferle en ce lieu si bruyamment que deux personnes causant ensemble sont obligées d'élever la voix pour s'entendre, murmurait, caressant au loin l'étroite bande de sable fin que la marée basse découvre au delà des sonores galets. Les lueurs des phares se cachaient. On voyait briller seulement cette lumière dont nous avons parlé, immobile au large vers la droite, sous les falaises, et les fenêtres éclairées du grand hôtel des Phares, si cher aux amis du sincère comfortable.

Roger eut un instant d'hésitation. Il songea d'abord à attendre en guettant les diverses avenues de la ville, bien sûr que Grelot ou le Malgache ne tarderaient pas à se montrer, mais un bruit invisible qui se faisait au delà des bains Gosset l'attira. Il se laissa aller, curieux et zélé comme un enfant qui s'avise d'une besogne inconnue. Il marcha, prenant de naïves précautions pour étouffer le bruit de ses pas.

L'endroit n'était pas en soi bien terrible, la lune, cachée sous les nuages, tamisait des clartés diffuses qui suffisaient à dessiner vaguement les profils des objets. Le poste de douane voisin contenait une douzaine d'hommes qui devaient être des protecteurs en cas de danger. L'un de ces hommes, à tout le moins, veillait. C'était la règle, et Roger ne savait pas cette singulière vertu qu'ont les préposés de la douane, de dormir debout comme des justes qu'ils sont. Il y avait du monde aussi au chantier Lenormand et à la tuilerie. Mais il y a du monde plein Paris et qui sait ce qui se peut passer, la nuit, dans un carrefour, quand tout ce monde dort?

Un fait d'ailleurs dominait tout le reste : trois hommes désarmés allaient se rencontrer ici avec un nombre supérieur

de bandits sans foi ni loi. Et, en apparence, du moins, la place
du rendez-vous était complètement déserte.

Tout change souvent et vite le long de cette plage havraise,
spécialement créée pour écorcher les pieds des baigneurs;
la ville elle-même grandit avec une rapidité fantastique, nive-
lant ses tours, creusant des bassins au lieu où furent des cita-
delles, englobant des cités entières, et traçant d'un crayon
hardi tous les boulevards que rêve sa fièvre municipale. Il
y a, en douze mois ici, des transformations radicales, et l'am-
bition de cette Canebière de l'ouest est évidemment de border
la Seine quelque jour jusqu'à Paris, en passant par-dessus
Rouen, descendu à l'état de vieux meuble. Les miracles
s'opèrent au souffle enchanté de la fée Trafic, amie des droites
perspectives, des monuments carrés et des candides façades;
elle a une baguette d'or. Quiconque est resté une année sans
visiter le Havre doit trembler s'il a besoin de faire un tantinet
de topographie. Qui sait si, maintenant, au lieu où va se passer
notre scène, un boulevard ne descend pas à l'Océan, bordé
d'espérances de palais?

En ce temps-là, le terrain était vide; c'était spécialement l'endroit nommé le Perrey, ayant à gauche le chantier Lenormand,
à droite un établissement de bains en reconstruction. La
grève était faite d'énormes et durs galets comme partout aux
alentours, la mer basse laissait entre ces pierres bavardes et
le ressac une étroite lisière de sable muet.

Sur le galet, il y avait, du côté du chantier, des madriers
enchaînés; la palissade de l'établissement de bains, largement
éventrée, montrait des matériaux de toutes sortes épars en
dehors et en dedans de l'enclos. De place en place s'élevaient
des tas de goémons pêchés à demi-marée, et qui sans doute
devaient être mis en sûreté avant le plein de l'eau.

Roger parcourut en tous sens l'espace compris entre les
bains et le chantier; il entra successivement dans le chantier
et dans les bains. Il ne vit âme qui vive. Et cependant, il
avait conscience de n'être pas seul.

Un quart d'heure se passa. Un bruit de rames se fit du côté
de la jetée. A l'œil, la plage était complètement déserte. Mais

quand le regard de Roger, guidé par le son des avirons, rencontra enfin une barque qui glissait rapidement le long des sables, trois formes humaines, immobiles, se détachèrent de l'ombre à l'angle du chantier, Roger reconnut ses trois compagnons.

— Ho ! du bateau, prononça la voix de Mornaix.

— Ho ! fut-il répondu.

Et la barque, profitant de son aire, aborda. On put entendre le bruit de plusieurs hommes sautant à l'eau. Roger s'accroupit derrière un tas de goémons et attendit.

La barque avait amené trois hommes, car il y avait maintenant six formes humaines à l'angle du chantier. Tout le reste du terrain qui était en vue semblait parfaitement solitaire et nulle apparence de trahison ne se montrait. En somme, l'intérêt des frères Smith était d'aller droit. On venait leur offrir un marché avantageux : l'objet même de leur convoitise. A quoi bon employer la violence?

Roger se faisait ce raisonnement, dont l'évidente justesse ne le persuadait point. Il regardait de tous ses yeux cette conférence immobile. Le silence momentané de la mer laissait venir jusqu'à l'écho d'un entretien calme et froid. Il ne saisissait pas le sens des mots, mais il devinait qu'on traitait les conditions de l'échange.

La mer montait. La barque se balançait à cinq à six brasses du bord. Roger n'aurait point su dire pourquoi, à mesure que la conférence durait, sa poitrine se serrait davantage.

Il entendait ou croyait entendre autour de lui des bruits inexplicables. Soit instinct, soit hasard, sa vue se porta vers un des tas de goémons qui avoisinaient le sien et ne s'en détacha plus. Le tas de goémons semblait obéir à une mystérieuse impulsion : il marchait.

Impossible de s'y méprendre ! Après deux minutes d'attente, le tas de goémons avait sensiblement changé de place par rapport à lui. Son mouvement, patient et lent, le rapprochait de la mer comme s'il eût été soulevé par un crabe gigantesque.

Roger s'avisa d'examiner les autres tas de goémons. La

plupart étaient fixes, mais il y en avait au moins trois qui jouaient le même jeu que le premier.

Crier, c'était précipiter une catastrophe. Nos trois amis étaient sans armes. Pour leur mettre en mains celles qu'il portait, Roger devait passer au beau milieu des goémons voyageurs. Il y avait trois coups de couteau pour le moins entre lui et ses compagnons.

Roger n'avait pas peur, mais il réfléchissait qu'il serait toujours temps d'opérer cette diversion violente, et malgré sa haine pour les aventures, il se mit tranquillement à faire comme ses voisins les goémons ambulants. Sans bruit, il fit glisser le tas d'algues, ou, pour parler mieux, ce qu'il fallait d'algues pour le couvrir et dissimuler la forme de son corps.

La conférence se poursuivait, grave et calme. Le vent s'élevait, comme il arrive presque toujours à la marée montante; et le flot, touchant la ligne des galets, commençait à faire tapage.

Il y avait dix minutes environ que l'horloge de Notre Dame avait envoyé la demie de minuit, lorsque Roger parvint à dépasser ses mystérieux concurrents et à se trouver le plus près de la ligne d'écume qui allait rapidement gagnant. Plus n'était besoin d'éviter le bruit : La mer se chargeait de recouvrir et de confondre tous les bruits. Les six négociateurs, reculaient, de leur côté, pas à pas, à mesure que le flot montait.

Au moment où Roger maudissait les progrès de la mer qui allait lui barrer la route, une voix dit en anglais, tout près de son oreille :

— Tourne, Jonathan a toussé.

Un quatrième tas d'algues qu'il n'avait point aperçu voyageait derrière lui.

Roger ne demandait pas mieux que d'obéir. Les goémons, longs et mous comme des guenilles, cachaient son visage et ses vêtements. Il reprit sa marche, rampant, et donnant, nous devons l'avouer, un regret de jeune homme rangé au pantalon Dusautoy tout neuf que son dévouement assassinait.

La conférence, reculant toujours, avait mis une dizaine de mètres entre elle et le flot. Jonathan Smith ayant toussé de nouveau, quatre ombres surgirent et des couteaux brillèrent dans les mains des trois frères. Mornaix, Miguel et Grelot étaient cernés.

— Gentlemen, dit Jonathan, vous allez nous suivre. Il ne sera fait aucun mal à la jeune dame ni à vous, mais nous avons besoin de vous tenir. C'est notre garantie. Sans cela, qui vous empêcherait d'arriver avant nous au trou de Gordon le charmeur?

Mornaix, Miquel et Grelot restèrent immobiles. Les tas de goémons s'étaient changés en hommes et sept bandits serraient le cercle autour d'eux.

— Accoste la barque! commanda Jonathan.

Sa voix exprimait un regret. Il avait espéré la résistance, qui eût été prétexte à massacrer.

La barque, remise à flot par la marée montante, piqua droit au rivage et toucha bruyamment le galet. Nos trois amis n'avaient pas prononcé une parole.

— C'est bien, dit Jonathan. Nous sommes obéissants. Nous allons nous laisser lier comme de bons petits paquets... Amenez les cordes!

Mais à ce moment quelque chose d'informe remua derrière Mornaix et Sam s'écria :

— A bas les mains, Jack! Ce n'est pas la peine de les poignarder par derrière.

Cette chose qu'on appelait Jack, ne bougea ni ne répondit.

— Ce n'est pas Jack, reprit Jonathan : est-ce toi Saunder?

— Non, répliqua une voix dans la nuit. Me voilà ici, moi Saunder.

Il y eut un instant d'hésitation. L'équipage du *Butter-Fly* se comptait. Cela dura trois secondes peut-être.

Ce fut assez. Les mains de Mornaix, croisées derrière son dos, sentirent un attouchement léger. Il les ouvrit, puis les referma, savoir : la droite sur la crosse d'un revolver, la gauche sur le manche d'un couteau-bowie.

— Celui-là n'est pas à nous! dit Jonathan.

— Non; mais tu es à lui! répliqua ce notaire de Roger en lui brûlant la figure d'un premier coup de pistolet.

Jonathan bondit, puis tomba en grinçant un blasphème. Un second coup de Roger, tiré par-dessus l'épaule du Malgache, abattit Saunder au moment où celui-ci appuyait son pistolet sur la tempe du frère de Naranja.

Alors le revolver de Mornaix parla à son tour. Puis Grelot brandit son couteau, tandis que Malgache lui-même s'entourait d'explosions comme un volcan. Roger dit :

— Débrouillez-vous... À moi le bateau !

La mêlée s'enchevêtra furieuse. Un instant Mornaix apparut persque seul, grand comme un démon, éclairant sa terrible joie aux lueurs de la poudre. Les coups de feu roulaient comme si deux bataillons eussent été aux prises. Puis, la poudre épuisée, le nœud se serra silencieux, mais râlant; puis encore l'écheveau sembla se démêler.

Au bout de trois minutes, Mornaix, Miguel et Grelot se rejoignaient après avoir inutilement poursuivi les fuyards. A la place où on avait combattu, quatre morts étaient couchés.

— Où est Roger? demanda Mornaix.

— Ici, répondit une voix qui venait du bateau. Donnez-vous la peine de monter, car voici des lanternes qui accourent de tous côtés...

— La douane et le poste de la batterie ! dit Mornaix. Embarque !

Il y avait un autre cadavre au fond du bateau.

— Nage ! commanda Mornaix dès que tout son monde fut dans la barque.

Et le canot s'éloigna à force de rames.

Roger venait de s'installer dans un fauteuil de moquette anglaise, devant un petit bureau d'érable, à l'hôtel Shalter, Thames-Street, derrière la douane de Londres. Il avait demandé de l'encre, une plume et du papier. Trois jours et quatre nuits s'étaient écoulés depuis la mémorable bataille du Perrey, dont les autorités havraises ne devaient jamais avoir le secret.

Roger n'avait plus tout à fait sa tournure parisienne, sa barbe était longue et ses cheveux brouillés. Dusautoy n'aurait pas reconnu ses habits. Il paraissait bien portant et de bonne humeur.

Il déplia la lettre, commencée, le soir du combat, à l'hôtel d'*Angleterre*, sur le grand quai, au Havre, et mit à la ligne, après les derniers mots qui étaient : « à tout à l'heure... » Il continua :

«..... L'homme propose et Dieu dispose, ma chère Nannette, je veux vous dire un mot ou deux avant de faire une lettre à maman et à Me Piédaniel. Vous comprenez que je ne peux tarder davantage à accomplir ce devoir. Je suis sûr qu'ils sont très étonnés de mon silence. Ce n'est pas ma faute. J'ai fait la traversée de la Manche sur une coquille de noix, par un temps assez roide, au dire de Mornaix qui s'y connaît. Je n'ai pas eu le mal de mer. Il paraît que cette traversée est une manière de tour de force. Nous avons débarqué à Hastings, comme Guillaume le Conquérant. J'ai mangé là trois livres et demie de rosbif, après cinquante-deux heures de jeûne. C'est une bonne nourriture.

« Il paraît aussi que je suis un héros ou à peu près. Je ne veux pas tout vous raconter à cause de mes lettres à Me Piédaniel et à maman, mais j'ai porté sur la grève un mouchoir plein de revolvers et de couteaux-bowie. Il était temps ! Sans cela, Dieu sait ce qui serait arrivé.

« Je pense partir pour Calais par le paquebot de ce soir. De Calais à Paris ce n'est qu'un saut par le chemin de fer. Quelle invention ! Nul ne peut savoir l'influence que la vapeur aura sur l'avenir des peuples. C'est moi qui m'étais assuré de la barque en tuant, hélas ! oui, Nannette, en tuant un coquin de mulâtre californien qui la gardait. *Le Butter-Fly* était en rade, vous ai-je dit que le *Butter-Fly* était le *Saint-Jean-Baptiste*?... Mais vous ne savez peut-être pas ce que c'est que le *Saint-Jean-Baptiste*. J'ai oublié le commencement de ma lettre et je n'ai pas le temps de la relire.

« Il y a donc que j'avais vu la lumière du *Butter-Fly* où était la pauvre Naranja. Notre intention était de le prendre à l'abordage, mais nous n'avions pas fait un quart de lieue en

mer qu'un diable de signal parut sur la côte : cinq feux en
croix. *Le Butter-Fly* mit à la voile, et vas-y voir ! c'est un
poisson... donnez moi dix minutes pour faire mes adieux à
Mornaix et consorts qui reviennent de retenir leur passage
à bord du clipper de *l'Australian-Agricultural Company*, car,
désormais, ils ne comptent guère retrouver Naranja qu'à
Melbourne. Je suis à vous dans un instant, à vous et à Mᵉ Piédaniel... »

Ici, nouvelle lacune. Et, en effet, la conversation de Roger
avec ses amis ne dura pas plus de dix minutes. Avant de
reprendre sa lettre, Roger se gratta successivement l'oreille,
le nez et le menton.

« Nannon, l'homme propose... reprit-il, pressant sa plume
davantage. Mais je vous ai déjà dit cela. Que voulez-vous?
J'ai fait de trop belles choses là-bas sur le galet, cela engage.
Mon paquet de revolvers leur a donné de moi une opinion
peut-être exagérée. Et puis c'est moi qui ai eu l'idée du bateau.
Ils disent que je suis plus fort qu'eux. Le Malgache me parle
avec respect, Grelot ne me fait plus de cornes, et Mornaix...
mon brave Robert ! Il me dit : vas-tu abandonner Anhita !

« Quoi donc ! Ils ont retenu *quatre* places à bord du clipper
de *l'Australian-Agricultural-Company*. Je n'étais pas là pour
m'y opposer. Écoutez ! si vous étiez à la place de Naranja,
Mornaix m'aiderait...

« Je suis seulement fâché de partir sans savoir si c'était bien
vous que j'ai vue dans le train de Cherbourg. Le clipper met
à la voile dans vingt minutes. J'ai un monde de choses à vous
dire, écrivez-moi à Melbourne. Moi, pendant la traversée, je
ferai pour vous un volume avec mes aventures de quatre jours.
Des aventures ! moi ! En Australie ! Un homme tué ! Cinquante-deux heures de jeûne ! C'est à n'y pas croire :

« On m'appelle pour monter en cab. Un dernier mot. Je ne
peux pas écrire à maman. Arrangez-vous comme vous voudrez,
mais expliquez un peu ma situation à elle et à Mᵉ Piédaniel.
Tâchez d'arranger l'affaire de nos noces avec maman qui

vous connaît maintenant, j'en suis sûr... et que M° Piédaniel m'attende pour traiter de l'étude.

« On y va !... C'est à Mornaix que je réponds cela. Des milliers de lieues entre nous ! Où diable avais-je la tête d'agir comme un héros ! Ne m'oubliez pas. Allez chez moi avec maman; faites ouvrir de temps en temps ma chambre et battre mes habits. Voyons ! Je n'oublie rien ? Je ne peux pourtant pas vous charger de mes excuses pour Mlle Eudoxie. On y va !... C'est à Mornaix... Adieu, aimez bien maman. Tout s'arrangera. »

ROGER.

P.-S. J'ai remonté pour chercher une chose que je n'avais pas oubliée. Je voulais vous dire encore : ne m'oubliez pas, tout s'arrangera. J'écrirai de Melbourne à maman et à M° Piédaniel. Si nous trouvons la tonne d'or, je traiterai au comptant pour l'étude. »

XIII

YELLOW-BIRD

Cette bizarre appellation *Yellow-Bird* (l'Oiseau-Jaune), désignait à la fois un homme et un pays. L'homme était un Français de Saint-Ouen-sous-Pontoise. Avant de venir en Australie, il se vantait de n'avoir jamais rencontré un nom si beau que le sien. Et en effet, il s'appellait, sur le registre de la mairie de Saint-Ouen, Isidore-Borromée-Médard Lanternilliau - Philippotelet de Saint - Bonaventure - en - Fontaine-Romagnol.

Le pays était « un champ d'or » entre Bendigo et Castlemaine, comté de Talbot, province de Victoria, dans l'Australie-Heureuse. Au champ d'or de *Yellow-Bird*, on nommait l'homme indifféremment ou l'Oiseau-Jaune ou le vicomte Fanfare.

L'homme était sans conteste le personnage le plus considérable du pays, et c'était à lui, ou du moins à l'enseigne de son cabaret, que le pays devait son nom. Isidore avait laissé, en effet, à Pontoise, une cousine qu'il devait épouser. La cousine avait un serin. Isidore avait ébauché, sans art, mais de son mieux, sur un morceau de toile, le portrait du serin de sa cousine. Le morceau de toile, entre deux perches, portait en outre une légende anglo-germaine qui promettait aux gens altérés de l'eau-de-vie de France, du rhum des Antilles, du kirsch Wurtembergeois et du gin de Hollande. Vous n'eussiez pas trouvé à Melbourne même un paradis arrosé par des fleuves de spiritueux aussi abondants, et des flots d'absinthe aussi suisse que l'absinthe de l'Oiseau-Jaune.

Là-bas les choses vont un train d'enfer. Les fables californiennes sont vérité dans ces champs de perdition dorée. On devient riche en une nuit, si la veine le veut ou le talent. Tel coup de couteau donné avec discernement vaut une recette générale du doux pays de France, et le million conquis s'évanouit en une heure à l'aide d'un jeu de cartes sales ou d'une paires de dés remaniés.

Là-bas il y a de prodigieux rêves. Et tenez, Melbourne dont je vous parlais était grand comme Pontoise en 1850, maintenant, Melbourne a cinq cent mille habitants et mettrait douze fois ce romanesque San-Francisco dans sa poche. Melbourne est une des capitales de l'univers, une des plus belles. La saison passée, le Périgord envoya plus de truffes à Melbourne qu'à Paris. Comme clientèle, la maison Cliquot hésite entre Melbourne et Saint-Pétersbourg. L'Inde n'hésite plus; sur trois cachemires de prix extravagant, il y en a deux pour Melbourne. Une ville de vingt-ans! à peine connue dans Quimper-Corentin! que sera-ce l'année prochaine?

Nul ne peut le savoir, car il y a un nuage à ces radieux horizons. Le trop-plein des aventurières qui submerge et empoisonne Paris commence à se déverser sur l'Australie et l'histoire sainte nous apprend ce que peut, sur un puissant pays, la visite d'une nuée de sauterelles. L'oncle Brennus n'est rien auprès de ces dames; Gengis-Khan ne va pas à leur cheville; Attila leur fait pitié. Malheur aux vaincus!

Or, l'Oiseau-jaune (l'homme) en quittant Pontoise, avait d'abord étudié la pharmacie à Paris, pendant que sa fiancée et son serin l'attendaient. Dans le quartier des Écoles, aux environs du Panthéon, il avait vendu des remèdes à une fleuriste entre deux âges, connue sous le sobriquet de Fanfare et qui partit un jour pour Melbourne en compagnie d'un entre-

preneur, montant là bas une maison de «grandes nouveautés»
L'Oiseau-Jaune suivit la caravane en qualité de « docteur ».
C'était un garçon propret, naïf, finaud, industrieux, fils d'un
fermier qui maquignonnait le bétail en Seine-et-Oise. Il comptait assez bien, avait les doigts crochus comme tous les paysans,
l'œil aigu, la langue libre et la conscience obligeante.

A Paris, centre des civilisations, un homme instruit et laborieux peut parfaitement mourir de faim. A Melbourne, ce sont
les travailleurs qui manquent, le travail vient humblement les
solliciter. Le nouveau débarqué eut le choix entre une douzaine
de professions et se fit garçon de café pour utiliser ses connaissances pharmaceutiques. Au bout de deux mois, il monta,
pour son propre compte, un débit de liqueurs. La saison n'était
pas passée qu'il avait des économies respectables. Les mineurs
revenant des champs d'or, buvaient ses brûlantes potions
comme ambroisie.

Les Anglais et les Américains ont un goût tout particulier
pour les mélanges pharmaceutiques. Mettez une quantité
suffisante de caramel dans de l'eau de Cologne, et vous serez
sûr de prendre les Américains et les Anglais comme des mouches
dans du miel. On sait l'anecdote de ce marchand de vin de
Londres qui fit sa fortune en donnant du bouquet à son Médoc
avec du vinaigre de Bully, recommandé pour la toilette. L'établissement nouveau se mit à prospérer follement. L'Oiseau-
Jaune eut une splendide réputation pour les juleps à la menthe,
au vétivert, au patchouli, au romarin, à la rose, à la tubé-
reuse, à la marjolaine. Il n'était point de pommade fantastique qu'Isidore ne pût transformer en grog. Sa crème de
piment, entre autres, eût réveillé un mort — Américain ou
Anglais.

L'Oiseau-Jaune eut carrosse et songea à faire venir sa fiancée
de Pontoise, mais une après-dînée qu'il essayait deux beaux
chevaux au park, il rencontra Fanfare qui avait fait fortune
aussi et qui était vicomtesse. Elle lui proposa une association
et la fiancée au serin resta à Pontoise.

Ils devinrent riches tout à fait, puis se ruinèrent, se séparèrent et s'entre-firent des procès. Puis encore, ils se réunirent,

redevinrent riches, furent ruinés de nouveau et se dirent adieu, ennemis pour toujours.

Quand ils se rencontrèrent pour la troisième fois, l'Oiseau Jaune n'avait plus ni sou ni maille et Fanfare ne possédait plus qu'une centaine de livres sterling. Elle les offrit avec sa main en proposant d'aller fonder un cabaret aux mines; l'Oiseau-Jaune accepta : la fiancée de Pontoise devait être établie depuis le temps. Une fois mariés ils vinrent planter leur tente dans un campement naissant au nord de Porcupine et Isidore, par un mélancolique souvenir, prit pour enseigne le serin de sa cousine qu'il peignit lui-même sur un carré de toile.

Les commencements furent assez rudes, mais il se trouva qu'en épousant Fanfare, l'Oiseau-Jaune avait fait une remarquable affaire. Elle était avide et adroite, et voulait réussir, elle se fit obéissante, prudente et économe jusqu'à l'avarice : elle fut en un mot le parangon des maîtresses d'auberge. Le cabaret prospéra, comme le champ d'or lui-même qui se trouva être d'une remarquable richesse. La petite tente eut une annexe, puis deux, puis dix, et arriva à former une sorte de casino qui était à la fois l'hôtellerie, le café, le club, le salon de conversation et la salle de spectacle du camp de Yellow-Bird, dont l'Oiseau-Jaune était le principal magistrat et Fanfare la reine.

Au moment où notre histoire débarque en Australie, le camp de Yellow-Bird rivalisait avec Castlemaine. Il comptait cinq cents tentes. Plus de soixante mineurs avaient déjà quitté, riches, cet Eldorado en miniature, dont la renommée grandissait par les soins diplomatiques de Fanfare, au point de contre-balancer les merveilles du mont Alexandre, du Deep-Creek, de Ballarat ou même du féerique Bendigo.

Fanfare ou Mme la vicomtesse, comme son glorieux mari s'obstinait à l'appeler, était en effet chargée des relations extérieures. Elle faisait la publicité à Melbourne, où sa position nouvelle lui avait reconquis une influence; elle s'entremettait, elle commanditait, elle inventait. Les grandes fortunes ne se font point là-bas en fouillant le sol, mais bien en attirant directement ou indirectement dans un réservoir commun les butins partiels de ceux qui ont fouillé le sol. Une des premières maisons de toilette de Melbourne appartenait sous main à Fanfare; en outre, elle avait organisé elle-même et avec une peine infinie, à cause du manque de bras, une culture potagère dans un terrain déjà retourné. Il ne faut pas que le lecteur regarde cette spéculation par-dessus l'épaule. Les mineurs sont fous de légumes frais. Une salade se paye volontiers quatre à cinq louis aux mines. Avec trois arpents de patates, de laitues et de choux, Fanfare faisait des recettes d'agent de change.

Aussi le seigneur et la suzeraine de l'Oiseau-Jaune, comblés d'abondantes prospérités, songeait-ils sérieusement à regagner la France, mariant le titre de la dame au nom immense de l'époux, et jouissant d'avance du fracas que feraient dans Pontoise abasourdi les équipages de M. le vicomte et de Mme la vicomtesse Isidore-Borromée-Médard Lanternilliau-Philippotelet de Saint-Bonaventure-en-Fontaine-Romagnol !

C'était un dimanche, il pouvait être quatre heures et demie après midi : et la portion paisible du campement se délassait en famille dans les campagnes environnantes.

Nous disons en famille, car il y a une différence notable entre les *placers* californiens et les champs d'or de l'Australie. Là-bas, c'est la conquête armée; ici, c'est la moisson presque paisible. Trois fois sur dix, le *digger* australien a femme et enfants, ce qui ne contribue pas peu à adoucir la physionomie de ces aggrégations étranges.

La salle commune de l'Oiseau-Jaune n'était pas déserte, néanmoins, loin de là, la haute et large tente qui occupait le milieu de l'établissement contenait une douzaine de groupes, joueurs, buveurs, causeurs ou gens prenant tout uniment leur repas.

On peut dire que tous les divers pays de l'ancien et du nouveau monde, à peu près, avaient là quelques représentants. Les Anglais étaient naturellement en forte majorité, mais il y avait aussi bon nombre d'Américains du Nord, des Mexicains, et des gens de la Californie qui avaient déserté leurs fouilles indigentes, au bruit des merveilleux résultats obtenus dans la Nouvelle-Galles du Sud et surtout dans cette province de Victoria où nous sommes.

Après les Anglais et les Américains, la majorité appartenait aux Allemands. Cette prolifique Allemagne incessamment soutirée par l'émigration, incessamment regorge et pullule. Les Irlandais après les Allemands : autre pépinière humaine, fécondée par la misère. Après les Irlandais, quelques Belges, peu de Français, çà et là, un Italien pauvre, menteur et paresseux, mais habile au jeu et capable de réussir partout où l'intrigue se paye.

Point d'indigènes, Si mistress Beecher Stove, l'auteur de l'*Oncle Tom*, a besoin d'un sujet pour prêcher son lamentable prône, je l'engage à visiter l'Australie, et à demander aux passants ce que la libre Angleterre fait des nègres depuis qu'elle a supprimé l'esclavage !

Certes, nous ne voulons pas prétendre que la salle commune de l'Oiseau-Jaune fût silencieuse, mais il ne s'y faisait point trop de bruit pour la quantité d'alcool absorbé déjà ou servi sur les diverses tables. On jouait dans trois coins de la tente, savoir : un groupe de Mexicains au *monte*, trois ou quatre Américains aux dés, sur une assiette, et quelques Allemands à la brisque-mariée. Les Allemands fumaient de belles grandes pipes en porcelaine et buvaient du grog au genièvre; les Américains buvaient du tafia de Maurice, en fumant des cigares; les Mexicains fumaient des cigarettes minces comme des chanterelles et ne buvaient rien du tout.

Dans le quatrième coin, un homme en haillons s'asseyait près d'une table où restaient l'os d'un gigot de mouton, une carcasse de poulet, un saladier vide et trois flacons de xérès. Il avait avec lui une femme très pâle et déguenillée, qui embrassait alternativement et les larmes aux yeux deux enfants maigres comme des squelettes.

Au centre de la tente, la grande table était entourée par une vingtaine d'individus portant des costumes divers et parlant diverses langues. Dans ce groupe absolument cosmopolite, on s'entretenait deux à deux et tous ensemble. La conversation allait et venait, touchant à une foule de sujets : l'or, le bétail, la laine, le suif, les *bushrangers* (voleurs des bois), la politique, les théâtres de Melbourne et leurs étoiles, les guerres d'Amérique et d'Europe, enfin les cancans spéciaux de la localité.

La tente avait une demi-douzaine de fentes ou portes qui communiquaient, soit avec la retraite privée du ménage Fanfare, soit avec d'autres tentes affectées à différentes destinations. La plus haute et la plus large donnait sur le dehors. De temps en temps, le landlord (l'Oiseau-Jaune) se montrait à la première de ces rentrées, et promenait un regard satisfait sur ses hôtes, examinant le service fait par trois ou quatre Allemands.

L'Oiseau-Jaune était un gros petit homme jeune encore, mais déjà endommagé par l'abus de ses propres juleps. Ses yeux vifs et ronds étaient un peu éraillés; son nez mou et d'une étonnante flexibilité tranchait en rouge au milieu de son visage bouffi, couleur de saindoux; il portait haut un beau ventre pointu qu'il avait, mais ses jambes étaient roides et fortement engorgées. Il parlait d'une langue solennellement épaissie. Ce n'était plus décidément un élève pharmacien, mais il eut fait un joli droguiste en chef.

— Cinq onces, dit-on à la table de *monte*.

— Tenu ! fut-il répondu. Refait ! Versez !

Un petit tas de poudre d'or passa dans le sac de cuir du banquier.

— Le seigneur Anejo n'a pas de chance ce soir, dit la galerie.

— Là-bas, Dawson gagne déjà trois mille dollars au broker !

Le broker ou courtier et Dawson étaient ceux qui jouaient aux dés sur une assiette.

Le seigneur Anejo, grand diable de Mexicain qui semblait sculpté dans un bloc de chocolat, prit un papelcito et roula une microscopique cigarette.

— Je joue dix onces sur parole, dit-il.

D'un seul coup de doigt le banquier ramena les cartes en un paquet carré.

— Caraï ! gronda le Mexicain, avez-vous défiance de moi?

— A un autre ! répondit stoïquement le banquier.

Le Mexicain prit sa moustache et la ramena entre ses dents pour la mordre, puis d'un revers de manche il essuya la sueur de son front.

— Que tenez-vous, demanda-t-il, contre mon revolver?

Le banquier prit l'arme et l'examina.

— Un Lefaucheux ! dit-il. Quatre onces.

— Quatre onces ! Six coups ! médailles à l'exposition ! Hier, on m'en a offert vingt-cinq louis.

— Ce matin, repartit froidement le banquier, l'escorte a apporté trois caisses d'armes à la vicomtesse : Trois cents pour cent de baisse sur les revolvers !

— Je donne quinze louis du revolver ! cria d'un bout à l'autre de la chambre l'homme en haillons, qui venait de souper avec sa famille malade.

Soit dit en passant, chez l'Oiseau-Jaune, la carte du repas qu'il avait dévoré devait se monter à une centaine de francs pour le moins. Deux ou trois voix murmurèrent dans le groupe principal :

— Décidément, le paddy a trouvé le panier d'oranges !

Paddy est le nom générique des Irlandais aux mines, comme à Londres. *Trouver le panier d'oranges*, c'est tomber sur un amas de *nuggets* ou parcelles d'or natif. La femme pâle saisit de sa main maigre la main de son mari.

— Au nom de Dieu ! Owen, murmura-t-elle, soyez prudent ! On vous guette !

Owen avait entamé sa troisième bouteille de sherry. C'était quelque chose de véritablement remarquable que la physionomie de cet homme. Il semblait avoir souffert tout ce qu'une créature humaine peut souffrir, et les traces de cette détresse se lisaient en caractères profonds sur son visage, mais de temps en temps, une sorte de joie délirante et qu'il essayait de cacher prenait le dessus. Ses yeux éteints flamboyaient tout à coup, un rouge ardent montait à sa joue, et il relevait sa tête chevelue avec une vanité d'enfant. Sa femme livide comme un fantôme lui disait alors à voix basse :

— Prenez garde ! nous ne sommes pas encore a Killala !

A ce nom de Killala, qui évoquait pour Owen un petit

clocher celtique entouré de vertes prairies, dans le pauvre comté de Mayo, en Irlande, il baissait la tête et ses yeux se mouillaient. Les enfants mornes et que cette bonne chère d'un jour n'avait pu ranimer, digéraient le repas comme deux louveteaux qui ont longtemps jeûné.

Le Mexicain apporta son revolver, mais Owen, après l'avoir examiné, soupira et dit :

— Une pareille arme n'est pas faite pour un malheureux de ma sorte.

Et il but une large lampée de xérès.

— Vous comprenez, gentleman, dit une voix dans le groupe principal, je ne suis pas le premier venu : William Gregory de Maiden-Lane, Islington, à Londres, patent-chimiste, médaillé du « Philotecnic institution », approuvé par Royal-collège et breveté par S. A. R. le prince Albert, pour mon réactif triple. Partout où vous trouvez de l'or à l'état d'aggrégation, la terre ambiante contient de l'or invisible et intangible, de l'or en quantité considérable, de telle sorte que si j'appliquais mon réactif triple au sable qui est sous nos pieds, j'en retirerais incontestablement mille livres sterling en l'espace d'une journée : ci, pour un an, trois cent soixante-cinq mille livres sterling !

— Et trois cent soixante-six mille pour les années bissextiles, dit un railleur.

Les yeux d'Owen avaient brillé.

— Si j'achetais le secret de cet homme ! dit-il.

— Au nom de la Vierge Marie, Owen, prenez garde ! supplia la femme pâle.

Owen but et se tut. La femme regardait avec terreur cette troisième bouteille qui allait se vidant. Les deux louveteaux s'étaient endormis dans ses bras.

— J'ajoute, reprit M. William Gregory de Maiden-Lane, Islington, chimiste du mari de la reine ; que pour monter mon appareil il me faut tout au plus dix mille livres ; si donc vingt personnes intelligentes me prenaient chacune une action de cinq cents souverains, en une semaine je me ferais fort...

Sa voix fut couverte par le bruit des conversations particulières.

— Le Rôdeur-Gris a reparu dans la plaine, dit l'un.

— Les gens du Rodney, dit un autre, ont payé à l'administration le droit simple pour deux mille hectares de terrain sur les bords de la rivière Goulbourn.

— Le Rôdeur-Gris est-il le même que Gordon Leath, savez-vous? demanda un Belge nouveau débarqué.

— Le même que le diable, lui fut-il répondu.

— Et qui appelez-vous les gens du Rodney?

— Les frères Smith, parbleu ! de rudes lurons !

— Sam, Tom et Jonathan, le borgne, qui a eu la figure rôtie d'un coup de revolver à bout portant et qui ne s'en porte que mieux.

Un homme entra en ce moment, drapé dans un manteau en lambeaux, et s'assit à l'entrée extérieure de la tente les deux coudes appuyés sur ses genoux. Il avait l'air exténué de fatigue.

— Jonathan s'est grisé ici, chez l'Oiseau-Jaune, reprit le dernier interlocuteur qui était un américain de six pieds, nommé Brown. A la troisième pinte de cobbler, il a dit que là-bas, dans le Rodney, il savait où trouver un panier d'oranges de trois ou quatre millions sterlings.

Il y eut un long murmure. Le seigneur Anejo se rapprocha, et Owen, l'Irlandais, lançant l'exclamation de son pays s'écria :

— Arrah ! je m'associerais bien avec ce gentleman !

Sa femme lui mit la main sur la bouche.

— Quatre millions sterling ! répéta l'homme qu'on appelait le courtier.

Et son adversaire Dawson supputa :

— Vingt millions de dollars !

— Cent millions, argent de France ! dit la voix claire de l'Oiseau-Jaune au seuil de son domicile conjugal. C'est un joli denier, hé ! mes petits?

Il ajouta en souriant à la ronde :

— Buvez, jouez, amusez-vous, mes amis chéris. Celui qui a dit cela, Jonathan Smith est en ce moment avec la vicomtesse. Ils ont des affaires ensemble... et peut-être qu'il aura besoin de quelques bons garçons pour une expédition qui remplira leurs ceintures.

— J'en suis ! hurla Owen malgré sa femme.

Et comme elle essayait de lui imposer silence, il la repoussa, demandant :

— Une bouteille, mes amours, une autre bouteille de sherry !

Les deux enfants éveillés grondèrent. L'homme au manteau troué, assis près de la porte d'entrée, restait immobile, la tête affaissée entre ses mains.

— Patron, dit la servante, un garçon demande à vous parler.

— Comment fait? demanda l'Oiseau-Jaune.

— Maigre et petit, mais jeune et fort.

L'Oiseau-Jaune disparut aussitôt. Là-bas, une paire de bras disponibles est toujours une affaire.

Un autre nouveau venu, en habits déchirés, presque aussi basané de peau que le seigneur Anejo, entra et s'assit près de la table, sans mot dire. Les haillons n'étonnent point en ces rendez-vous étranges; on peut même affirmer qu'ils ne prouvent rien. Nous avions déjà ceux d'Owen, qui ne le défendaient point contre le soupçon d'être trop riche. Le basané, cependant, demanda à son voisin la permission de se désaltérer à la carafe d'eau qui avait servi pour mêler le grog. C'était une preuve cela. Le voisin poussa la carafe sans daigner le regarder.

Ce fut encore un homme en haillons que l'Oiseau-Jaune trouva en face de lui en rentrant à l'office. Mais les haillons de celui-ci parlaient. C'était un costume complet de gamin de Paris passé à l'état sauvage.

— Plus que ça de loques ! s'écria l'Oiseau-Jaune, saisissant avec délices l'occasion de parler le pur patois parisien. Excusez ! D'où sors-tu, petit?

— De la rue Grenétat, pays, répliqua le gamin sans sourciller.

— Bravo ! Et tu en viens toujours tout droit !

— Par la correspondance, oui, pays.

L'Oiseau-Jaune éclata de rire.

— Comment t'appelles-tu, garçon?

— Grelot, pays.

— C'est un joli nom... Qu'est-ce qu'il y a de nouveau là-bas?

— Le Sire de Framboisy...

    Avait pris femme.
    Le sir' de Framboisy...

— Connu, ma poule !

— Déjà !... alors, *Le pied qui r'mue...*

— Connu !

— Ah ! diable ! Alors, on est aussi avancé en Australie que dans la rue Grenétat.

L'Oiseau-Jaune, cependant, attendri par les souvenirs de la patrie, regardait mieux ce pauvre être exténué, qui avait peine évidemment à se tenir sur ses jambes et qui riait le rire effronté des bohémiens de Paris.

— Y a-t-il longtemps que tu n'as mangé, garçon? interrogea-t-il.

— Il n'y a pas encore trois jours, patron, répondit Grelot.

— Et tu casserais une croûte volontiers?

— Sans répugnance, mon Dieu, oui.

— Assieds-toi là... Tu viens chercher fortune?

— Un peu mon neveu.

— Bénis le ciel, jeune homme, prononça solennellement l'Oiseau-Jaune. J'ai besoin d'un laveur de vaisselle. Quinze francs par jour... l'émolument d'un juge au tribunal civil de la Seine !

— Accepté, pays.

— Sais-tu danser?

On apportait un chanteau de pain et un reste de mouton rôti. Puissance du ciel ! à la vue de ces deux objets, Grelot prouva qu'il savait danser. Son pied, lancé au plafond, décrivit une foule de paraphes bizarres, tandis que son torse, déhanché à miracle, battait la mesure d'une pastourelle. Puis une brusque bascule le mit sur les mains, la tête en bas, le reste en l'air, et il exécuta ainsi un cavalier seul, digne des premiers salons du faubourg Saint-Germain.

Ce fut du moins l'appréciation de l'Oiseau-Jaune, qui l'embrassa les larmes aux yeux, et lui promit de le présenter à la vicomtesse Fanfare, aussitôt que cette châtelaine en aurait fini avec les « gens du Rodney ».

XIV

LE BOUDOIR DE FANFARE

Ainsi, voilà notre Grelot. Mais pourquoi seul? Nous avions laissé nos quatre amis prêts à s'embarquer ensemble, à Londres, sur un clipper de l'Australian-Agricultural-Company. Quel sort les avait séparés? Où était le frère de Naranja, Miguel-Maria, le Malgache? où était Robert Mornaix, le Robert-le-Diable du collége Henri-Quatre? où était surtout notre héros, Roger Bontemps, l'homme du devoir et des convenances, qui regrettait si fort de n'avoir pu s'excuser auprès de maître Piédaniel et de Mlle Eudoxie?

Nous sommes au mois d'avril, en l'année 1861. Treize mois se sont écoulés depuis la date de la dernière lettre écrite par Roger à Nannette. Beaucoup d'événements ont dû se passer. Que ne pouvons-nous offrir au lecteur la correspondance complète de Roger Bontemps, historien si clair et si fidèle !

Mme Fanfare, vicomtesse légitime de l'Oiseau-Jaune, était habillée et coiffée à la dernière mode de Paris. Elle avait du noir sous les cils, du rouge sous les yeux, du blanc sous le nez. C'était encore une assez jolie femme, quoiqu'elle eût vu trop de pays. Malgré sa haute position et les graves intérêts qu'elle tenait en main, la dame et maîtresse de l'Oiseau-Jaune eût été encore capable de faire vis-à-vis à Grelot pour la danse des salons.

Son boudoir était une tente, mais cette tente ressemblait aux réduits les plus coquets du quartier Notre-Dame-de-Lorette. Elle était là, entourée de Paris. Tout sentait Paris, les meubles, les colifichets, les tentures. Le *Figaro* reposait sur un guéridon, laqué rue des Tournelles; l'album de Nadaud était auprès d'une partition des Bouffes-Parisiens, sur un piano de Herz; le tête-à-tête rococo soutenait une pile de ces livres jaunes et vides, derniers-nés de la librairie en goguette et qui sont aux vrais livres ce que la cuvée d'un marc épuisé serait aux grands vins de nos crus illustres.

Mais tout cet aspect civilisé mentait hautement. Mme la vicomtesse prenait le thé à la sauvage, un thé qui eût fait envie à Mme Gibou, un thé nuagé de lait d'amandes, rehaussé de rhum, huilé de chartreuse, embaumé de vanille. Dans ce thé nageaient des dentelles de jambon cru. Les parfums d'une cigarette opiacée couronnaient cette trop odorante collation. En face d'elle, assis dans une bergère, un homme, demi-effronté, demi-timide jouait avec un sac de poudre d'or. Mme la vicomtesse et lui terminaient une affaire.

Cet homme était jeune, blanc de peau sous son hâle, et grossièrement taillé. Une forêt de cheveux noirs coiffait son front bas et montueux essayant de cacher une effrayante cicatrice qui couturait son œil droit, sa tempe et la moitié de sa joue. On eût dit la trace d'un coup de tromblon tiré à bout portant.

C'était tout uniment un souvenir indélébile de cette nocturne conférence tenue sur la grève du Havre, entre le chantier Lenormand et les bains Gosset. Le revolver de Roger avait fait ce ravage.

L'homme était Jonathan Smith, le cadet des trois frères. On l'avait relevé pour mort après la bataille, où ses deux frères avaient également reçu plusieurs blessures. Mais le coup qui tue un bœuf étourdit seulement le bison sauvage. Huit jours après Jonathan et ses frères faisaient voile pour l'Océanie, à bord du *Butter Fly*. Il y avait huit mois que les trois Smith étaient en Australie. Jonathan et la vicomtesse était déjà de vieilles connaissances. Il causaient de bonne amitié.

— Vous savez, cher monsieur Jonathan, disait Fanfare, les travailleurs sont hors de prix. Depuis que Nelson Hood et son cousin Katesby ont trouvé vingt-cinq kilogrammes d'or, en un tas, derrière Bare-Creeck, tous ces malheureux croient qu'ils vont mettre la main sur une aubaine semblable. Voilà votre blessure tout à fait guérie, dites donc !

Jonathan fronça le sourcil, et à pleines mains, ramena sa chevelure crépue sur l'énorme cicatrice.

— Elle me fait toujours mal, murmura-t-il.

— Et c'est gênant, ajouta Fanfare, quand on est pour se marier.

— Il ne s'agit pas de cela, gronda Jonathan. La jeune dame est très bien disposée pour moi, c'est certain. M'aurait-elle suivi sans cela ?

— Vous êtes irrésistibles, vous autres aventuriers du Nord ! dit la vicomtesse galamment.

Jonathan se rengorgea.

— Il y a partout des hommes qui plaisent au beau sexe, dit-il. Parlons d'affaires. Le temps est de l'argent.

— Eh bien, cher monsieur, pour ce qui regarde vos travailleurs, j'ai remué des montagnes. J'ai dit que vous aviez une station de toute beauté et que vous feriez la fortune de vos hommes en trois ans. Mais votre station est loin des centres, et les *bushrangers* infestent le Rodney...

— Sans cela, interrompit le cadet des Smith, aurai-je besoin de tant de bras, et pensent-ils gagner leur vie sans rien faire ?

Fanfare se mit à sourire d'un air fin, et reprit :

— On dit que vous avez fait, vous aussi, quelques bonnes petites affaires... dans le *bush*... de l'autre côté du mont Darwin ?

On nomme *bush* ou buisson en Australie, les immenses terrains vagues dont l'homme n'a pas encore pris possession. Les *bushrangers*, redoutable confrérie qui rappelle les fameux voleurs de grand chemin du dernier siècle, en Europe, sont nombreux, attaquent les voyageurs isolés et parfois même les escortes du gouvernement. Jonathan Smith, à cette transparente insinuation, haussa les épaules et répondit avec mauvaise humeur :

— Nous sommes des gens paisibles, madame, et des gens riches. C'est ce démon de Gordon Leath qui fait toujours des siennes !

— Gordon Leath ! répéta Fanfare, le Rôdeur-Gris ! En voilà un qui a bon dos !... En tous cas, mon cher monsieur Jonathan, ajouta-t-elle, nous ne sommes pas payés par la police, et nous avons assez à faire mon mari et moi, sans courir après les histoires qui ne nous regardent pas.

— Vous êtes une personne avisée, madame, répliqua le Smith d'un ton sec et preque menaçant, et le landlord est un homme prudent, je l'espère pour lui. Revenons à la jeune fille.

— Quelle jeune fille?... Ah ! oui ! j'y suis ! Une compagne pour la jolie dame : une manière de demoiselle de compagnie?

— La pauvre Anhita s'ennuie bien quand je voyage, prononça langoureusement Jonathan.

— Vous dites... Anhita? c'est le nom de milady?

— Paquita, Pepita, Rosita Mariquita, gronda le Smith, Juanita, Rita !...

Fanfare avait baissé son regard curieux.

— C'est une señorita, voilà, dit-elle. Peu importe son nom. Et la chère señorita s'ennuie en attendant que vous ayez trouvé le trésor... Eh bien ! je crois que j'ai ce qu'il lui faut.

Jonathan rapprocha sa bergère.

— Où cela? demanda-t-il vivement. Ici?

— Oh ! non pas, cher monsieur. Ici nous n'avons que des servantes irlandaises et des vachères allemandes.

— Où donc?

— A Melbourne.

— Et c'est une jeune personne sage?

— Comme une image.

— Qui n'est ni Irlandaise ni Allemande?

— Fi donc !

— Une Anglaise?

— Mieux que cela !

— Une Américaine?

— J'ai dit mieux que cela.

— Une Française?

— De Paris !

— Todos santos ! s'écria Jonathan, une Française ! Voilà une trouvaille, ma chère dame !

— Il n'y a que moi pour cela, cher monsieur, répliqua modestement Fanfare.

— C'est vrai, c'est ma foi vrai... et pourquoi cette perle a-t-elle passé par la mer?

— Pour s'établir.

— Bravo ! Sam et Tom sont à marier.

— Et votre Seigneurie pourrait bien oublier son Anhita quelque jour.

— J'ai dit Juanita, madame... et nous allons être régulièrement mariés. Est-elle à Melbourne depuis longtemps?

— Ma protégée? Depuis six mois.

— C'est là que vous l'avez connue?

— Non, je l'ai connue en France.

— Où cela?

— Dans le grand monde.

— Bravo ! Que fait-elle à Melbourne?

— Elle gagne de l'argent.

— A quel métier?

— Elle est fleuriste. Il y a bien un marquis dans Wiliam-Street qui peint de la porcelaine.

— Gagne-t-elle beaucoup d'argent?

— Gros comme elle !

— Ce sera cher?

— Très cher.

— Combien?

— Pour moi, trois cents onces d'abord.

Jonathan souffla dans ses joues et remit en poche son sac de poudre d'or.

— Et pourtant, dit Fanfare, la señorita s'ennuie.

— Dites votre dernier prix, madame.

— Vous marchandez?

— Dites ! le temps est de l'argent.

— Êtes-vous en humeur de faire un petit voyage jusqu'à Melbourne?

— Si nous nous arrangeons, oui.

— Eh bien ! mon dernier prix est de quatre cents onces.

— Vous êtes folle ! déclara franchement le Smith qui se leva.

Fanfare lui jeta le restant de sa cigarette au visage en éclatant de rire.

— *Yankee cattle !* (bétail américain) s'écria-t-elle d'un ton caressant. Mettons cinq cents onces et donnez-moi la main. Nous irons ensemble à Melbourne, je la ramènerai dans la voiture sous prétexte d'une partie de plaisir, et l'affaire sera faite gratis, pour ce qui la regarde : on promettra, on ne tiendra pas.

— Un bon tour, alors.

— Si elle épouse Tom ou Sam, qui sont d'excellentes bêtes, prononça gravement la vicomtesse, je serai fière et heureuse d'avoir fait son bonheur.

Jonathan donna sa main, mais il se ravisa et demanda :

— Sait-elle des chansons de France?

— Par centaines !

Le marché fut conclu et Jonathan qui portait sur lui, comme tous ses pareils, une petite paire de balances, était en train de peser les arrhes, lorsque Sam et Tom, ses frères, entrèrent inquiets et troublés.

— Qu'y a-t-il? demanda le cadet.

Sam le prit par le bras et l'entraîna à l'autre bout de la tente. Tom les rejoignit. Fanfare, tout en serrant la poudre d'or dans un charmant coffret sortant des magasins de Tahan, les couvait de l'œil et tendait avidemment l'oreille.

Elle n'entendit que trois mots : deux noms et une question.

— Le Malgache ! dit Sam.

— *El Conde !* ajouta Bob.

Et Jonathan gronda d'une voix qui sourdement tremblait :

— Ils sont ici tous les deux?...

XV

LE RODEUR-GRIS

Dans la salle commune de l'Oiseau-Jaune, où nous sommes obligés de retourner, la compagnie s'était accrue de deux nouveaux membres pendant la conversation de Jonathan Smith avec Fanfare. On les avait accueillis comme des personnages d'importance, et ils avaient droit à ces respects car, entre tous ces rudes compagnons, c'étaient deux compagnons solides; c'étaient, en outre, deux hommes qui, éventuellement, d'un instant à l'autre, selon la croyance générale, pouvaient se trouver à la tête d'une immense fortune. Le pays entier les connaissait, eux et leur frère cadet Jonathan, sous ce nom emphatique : *les gens du Rodney*.

Ils étaient craints; nul ne les regardait comme incapables d'un acte violent. Les choses romanesques sont si communes là-bas que la population des mines s'occupait assez peu du mystère de leur vie. On les savait riches; on les soupçonnait d'avoir ajouté à leurs richesses par le métier de *bushranger*. Il n'était personne qui ne fût bien aise d'entretenir avec eux des relations pacifiques.

Sam s'était mis dans le jeu du Broker, et Bob regardait la table de *monte*, prêt à prendre la place du seigneur Anejo.

L'homme en haillons, assis au bas bout de la table principale, avait mis, après avoir bu une large lampée d'eau claire, sa tête sur ses deux mains croisées. Il semblait dormir et montrait seulement un coin de sa joue basanée. L'autre personnage déguenillé restait immobile, accroupi près de la porte, pareil à ces mendiants qui n'osent franchir un seuil. Son chapeau de paille en lambeaux, descendait jusqu'à couvrir tout son visage. Nul ne prenait garde à ces deux hommes.

L'Irlandais, père de la pâle famille, achevait sa quatrième bouteille de xérès. Des taches rouges venaient au-dessus de ses yeux éteints.

— Ne demandez pas cela, Owen, je vous en prie, lui dit sa femme à voix basse, ne demandez pas cela, si vous voulez rapporter au pays le pain de vos enfants !

L'Irlandais releva sa tête lourde.

— Je suis un homme et j'ai de l'argent, Kate, répondit-il. Je puis parler haut maintenant devant des gentlemen !

Et il ajouta, en brandissant son verre à demi-plein :

— Dites-moi, mes compagnons, l'escorte qui vient de Bendigo pour protéger jusqu'à la ville ceux qui ont été heureux aux mines, doit-elle passer bientôt par ici?

— Oh ! oh ! fit Tom Smith en jetant un regard de côté vers l'imprudent Irlandais, en voici un qui a été heureux aux mines ! Il en avait besoin, hé, vous autres !

Il y eut un rire contenu. Kate tremblait de tous ses membres, car elle avait surpris le regard de Tom.

— La malle et l'escorte passent demain matin, Paddy, répliqua l'Oiseau-Jaune en personne sur le pas de la porte intérieure. Tâche de garder ton boursicaut jusque-là, bonhomme.

— Je le garderai, mon maître ! s'écria Owen. Ce n'est pas le Rôdeur-Gris qui me ferait peur ! Je suis un homme, et j'ai un revolver à six coups maintenant !

— Est-ce que Gordon Leath est de ces côtés-ci? interrogea Sam Smith négligemment.

— Bah ! fit l'Oiseau-Jaune qui avait intérêt à vanter la sûreté du pays, contes d'enfants que tout cela ! Chacun sait bien que Gordon Leath est mort.

Kate respirait, voyant que l'attention s'éloignait de son

mari; mais sa joie ne fut pas de longue durée. Tout à coup Owen reprit d'une voix éclatante :

— Voulez-vous savoir ce que je ferai, gentlemen? Je le dirai à vos Honneurs, car je vois bien que vous méritez ma confiance. Landlord, je vous prie, faites servir une autre bouteille; ma femme et mes enfants souffrent la soif depuis si longtemps ! Je vais retourner en Irlande... l'Irlande pour toujours, mes maîtres ! Y a-t-il ici des Irlandais? Et qu'importe? Vivent les autres pays ! Je n'ai jamais eu un grain de méchanceté dans le cœur !

— Oh ! c'est bien vrai, pauvre créature ! soupira Kate, Mais je ne donnerais pas cinq shillings de votre vie !

— A votre santé, mes maîtres ! poursuivit Owen que chacun, désormais, écoutait. Seriez-vous fâchés que la chance fût venue enfin à un père de famille? Mes enfants ont nom Jane et Patrick. Saluez les lords, petites choses ! Nous sommes des O'Donnel, et il y en eut un qui fut roi dans la verte Érin... un autre qui est vicaire à la paroisse de Killala, aussi vrai que voilà du brave vin, respectables gentilshommes. Je paye donc mon passage, celui de Kate et celui des enfants. Ils seront peut-être un grand seigneur et une lady, si Dieu le veut. Vive la reine ! Après quoi, j'achèterai la maison de Joe, vous savez, à droite de l'église, et il me restera de l'argent beaucoup ou peu, cela ne regarde personne. Tous les mois, mes amis, je mettrai deux livres sterling sur les loteries d'Allemagne : on y gagne des châteaux de cinq cent mille florins, et le florin vaut deux shellings, ce qui fait... oui, par saint Patrick ! cela fait deux cent cinquante mille dollars, entendez-vous... et Kate sera heureuse dans un château qui vaut si cher !

— Compagnon, interrompit Sam Smith, combien y avait-il dans votre panier d'oranges?

Les dents de Kate claquèrent. Owen vit l'angoisse de son regard et posa son verre sur la table.

— Le revolver est à six coups, répondit-il d'un accent de sombre détermination.

Les rieurs ne furent pas pour Sam Smith.

— L'avez-vous donc vu? disait-on cependant dans le

groupe principal où la discussion continuait au sujet du Rôdeur-Gris.

— Qui? Gordon Leath? répliqua Dawson. Oui, vraiment, comme je vous vois, et de plus près encore, pour mes péchés.

— Contez-nous donc cela, mineur, s'écria Tom Smith. Il y a longtemps que je désire me trouver avec lui face à face.

Kate fit le signe de la croix comme si on eût évoqué Satan.

Tom était le plus grand des trois frères : un bandit de six pieds anglais avec une large face rouge, élargie encore par d'épais favoris d'un noir fauve.

— Je vous conterai cela comme à tout le monde, master Tom, répliqua Dawson. Vous ne me payez pas pour vous divertir, je pense. C'était donc aux pluies du dernier automne, dans le *bush* qui est entre le mont Korong et Castelémaine. L'escorte ne va pas de ces côtés-là. J'étais seul et j'avais treize livres d'or dans ma ceinture.

— Mauvais chiffre, fut-il dit.

— Pas mauvais pour Gordon Leath, repartit Dawson. J'avais trouvé un panier d'oranges et je m'en revenais joyeux. En arrivant à la route tracée, à trois ou quatre milles de la station de Newbridge, j'entendis qu'on chantait, en avant de moi, sous les grands bois, et j'appelai. Point de réponse. Alors je me mis à chanter aussi, car j'étais en belle humeur. J'oubliais de dire que j'avais un bon bidet entre les jambes. En chantant, toutefois, j'armais mon rifle et je faisais jouer mon couteau dans sa gaîne pour être prêt à tout événement. Au bout de cinquante pas, j'avisai un chapeau de cuir gris qui gisait, la cuve à l'envers, au beau milieu de la route. J'appelai encore, disant :

— Eh ! camarade ! vous avez perdu votre chapeau.

Cette fois, une voix invisible me répondit :

— Le chapeau n'est pas perdu, mon frère. Ne l'entendez-vous point vous parler?

— Un chapeau ! parler !

— Arrêtez-vous plutôt, mon frère, et prenez la peine d'écouter.

— J'ai beau prêter l'oreille, dis-je avec un commencement

d'inquiétude, je n'entends rien... Ah ! si fait ! le chapeau me dit : « Donnez un demi souverain à mon maître afin qu'il boive à votre santé. »

— Et, revenant sur mes pas, je jetai une demi-livre sterling dans le diable de chapeau de cuir gris.

— Mon frère, reprit la voix d'un accent de reproche, il est mal à toi de mentir. Je connais le chapeau : jamais il n'a dit de frivolités semblables.

— Et que dit-il donc, à la fin? m'écriai-je, la colère me prenant.

— Ne vous irritez pas, mon frère. Le chapeau vous demande combien d'onces d'or vous portez dans votre ceinture.

Ceci me suffisait amplement. Je piquai l'oreille de mon bidet d'un coup de couteau, et je partis au grand galop.

— Voilà qui est mal poli, mon frère, dit la voix sans rien perdre de son calme.

En même temps il y eut détonation sous bois, et mon pauvre bidet roula dans le sable avec moi. Quand je me relevai, Gordon Leath était debout devant moi, tenant d'une main son démoniaque chapeau gris, et de l'autre un revolver dont je voyais les six canons jusqu'au fond, car il était braqué sur mes yeux.

— Arrah ! fit Owen émerveillé. Entends-tu, Kate, ma femme? C'est joli !

Kate regardait en dessous le géant Tom Smith, qui semblait réfléchir et lançait des œillades trop expressives à la ceinture d'Owen.

— Le temps d'épauler mon rifle, reprit Dawson, j'aurais eu six balles dans le front : c'était clair, je me croisai les bras et je dis.

— Allons, nous sommes un *libre gentilhomme*, mon camarade?

Il inclina la tête en souriant. Je voyais venir derrière lui, dansant et se jouant comme un jeune chien qui suit son maître, le plus beau cheval anglais que j'aie admiré en ma vie. J'ajoutai, pour entretenir la conversation :

— Une noble bête, compagnon !

— Et bien dressée ! me répondit-il. Ici, Love, mon trésor !

Le splendide anglais fit une courbette, puis un bond, il était aux côtés de son maître. C'était un cheval de haute taille, noir d'ébène avec deux croissants adossés entre les yeux. Il portait un harnais et une selle en cuir, de la même couleur que le chapeau qui parlait. Quant à mon libre gentilhomme, c'était, ma foi, un mâle ! ni trop grand ni trop petit, bien coupé, leste, solide et l'air d'un franc luron. Son costume me parut d'autant plus remarquable que j'avais ouï parler de la toilette de Gordon Leath aux mines. Il porte, chacun sait cela, jaquette, justaucorps et pantalon guêtré de cuir gris. J'avais devant les yeux le Rôdeur-Gris ou Gordon Leath.

— Et que vous fit-il, Dawson? demanda Sam Smith.

— Il m'emprunta mes treize livres d'or, en me reprochant toujours mon défaut de politesse, sans lequel il se fût borné à partager. Puis il m'enseigna le chemin le plus court pour gagner la station où, me dit-il, on avait besoin d'un berger. A cette occasion, il me fit remarquer qu'il était mon bienfaiteur. Puis encore, m'ayant demandé mon rifle, il le jeta à une quinzaine de pas dans les buissons et se mit en selle d'un saut. Le cheval noir fila comme une flèche. Quand j'eus ramassé mon rifle, cheval et cavalier étaient hors de portée.

— Si jamais je le rencontre, celui-là !... dit Sam Smith d'un air fanfaron.

— Vous ne reviendrez pas nous conter votre aventure, gentleman, interrompit froidement Dawson. De meilleurs que vous l'ont tâté ! Gordon Leath vaut juste quatre hommes. Mais voulez-vous la fin de mon histoire? Dix jours après, j'étais dans le Dalhousie, égaré dans la plaine et mourant de faim. Je m'étais couché sur le sable pour finir tranquillement et deux noirs venaient d'emporter mes habits avec mon rifle. Ils ne m'avaient pas tué parce qu'ils m'avaient cru mort.

J'ouvris les yeux et je regardai le soleil qui descendait derrière les gommiers. Je pensais : voici la dernière fois que je regarde le soleil.

Tout à coup, je vis quelque chose entre moi et le soleil. Je crus rêver : une statue grise sur un cheval d'ébène.

— Eh ! eh ! fit Gordon Leath, car c'était lui, n'avaient-ils donc pas besoin d'un berger à la station?

Il posa sa main sur ses yeux et fouilla l'horizon. Sa gourde, en même temps, tomba sur mes genoux.

J'entendis le galop de son cheval et je pensai qu'il s'éloignait, mais deux coups de feu retentirent, et, comme j'approchais la gourde de mes lèvres, le galop se rapprocha de moi. Les deux noirs n'avaient pas fui assez vite; Gordon me rapportait mes habits et mon fusil.

Un drôle de corps, gentlemen ! Il avait tué ce jour-là deux Irlandais pour vingt-cinq guinées. Il me réchauffa, il me soigna...

— A qui est le beau cheval noir qui a deux croissants entre les yeux? demanda en ce moment un mineur qui entrait, je l'achète vingt onces.

— Où est-il ce cheval? demanda vivement Dawson.

— A l'écurie, parbleu !

— Un anglais?

— Un anglais.

Dawson se leva et s'élança hors de la tente. Autour de la table il y eut un instant d'émotion. Le nom de Rôdeur-Gris courut. Ces lointains pays ont leurs superstitions comme notre vieille Europe. On répétait à voix basse :

— Gordon Leath est mort déjà plusieurs fois...

— Gordon ne meurt jamais !

Sam Smith, cependant avait son idée. Il s'était approché de l'Irlandais, disant :

— Camarade, j'ai trouvé un panier d'oranges, moi aussi. Voulez-vous faire partie de *seven-up*.

Le *seven-up* est une sorte de passe-dix, importé en Australie par les Américains de la Louisiane. Les yeux d'Owen brillèrent. Il porta la main à sa ceinture.

Mais Kate se leva toute droite, laissant tomber les petits qui se roulèrent sur le sol en pleurant. Elle arracha le couteau de Sam hors de sa gaine et s'écria :

— Si vous jouez, mon mari, sur la vraie croix de Notre Seigneur, je vais me tuer avec vos deux enfants, pauvres créatures !

Owen était ivre. Il leva le poing sur sa femme. Ses petits se mirent à prier pour leur mère qui ajouta d'un accent résigné :

— Mon mari, frappez-moi. Quand vous m'avez frappée, la tête vous revient toujours.

Sam eût écrasé Owen d'un revers de main. Néanmoins, Owen le repoussa d'un mouvement si violent, que le géant recula de plusieurs pas, au milieu des rires de l'assemblée. Owen, exalté, attira Kate sur sa poitrine.

— Je suis un homme. Le pain des enfants est en sûreté avec moi ! Nous avons eu faim ensemble, ma femme, et je ne veux pas que tu pleures. Je ne boirai plus ! ajouta-t-il en jetant au loin son verre. Les petits seront riches dans notre pays !

En parlant, il faisait danser Kate qui riait et pleurait à la fois. Sam Smith s'était éloigné en grondant. Tout à coup, Owen s'écria :

— Il faut faire une bonne action, Kate, ma femme ! Les Irlandais ont le cœur généreux ! Nous étions des pauvres hier...

— Donnez, donnez, si vous voulez, Owen, répondit Kate, la charité porte bonheur.

Owen prit une posture royale.

— Holà ! gentlemen ! cria-t-il. Holà ! tout le monde ! Au dedans comme au dehors ! Voici un pain presque tout entier, de la chair de mouton, et une bouteille à demi pleine. Si quelqu'un a faim ou soif, qu'il s'approche pour manger et boire, aux dépens d'un chrétien !

On écoutait comme à la comédie. La plupart riaient. La scène était moitié burlesque, moitié attendrissante.

Mais à l'appel d'Owen, deux hommes se levèrent, les deux hommes en haillons : le basané qui avait bu un verre d'eau à la table, le mendiant qui était assis auprès du seuil.

Tous deux semblaient exténués profondément, tous deux étaient restés étrangers aux incidents que nous avons racontés. Le basané paraissait sortir d'un sommeil et l'homme du seuil promenait autour de lui des regards qui ne voyaient plus. Deux seuls mots avaient remué l'engourdissement de leur intelligence : manger et boire.

Ils avancèrent d'un pas également chancelant. Sam s'était

rapproché de son frère Tom vivement. Il les montra du doigt. Tom tressaillit.

Les deux hommes se rencontrèrent devant la table où Owen les attendait, gardant sa majestueuse pose de bienfaiteur. Chacun d'eux devina en l'autre un rival. Ils s'arrêtèrent tous deux et se toisèrent. On les vit reculer d'un pas et se raser comme deux bêtes fauves qui vont bondir. Et en effet, ils s'élancèrent tous deux à la fois, mais en confondant un cri de joie :

— El Conde !

— Miguel?

Ce ne fut qu'une voix. Ils tombèrent dans les bras l'un de l'autre.

— Ma parole, dit Dawson, j'ai vu des choses comme cela au théâtre de New-York !

— Bravo ! les haillons ! fit-on de toutes parts.

Les deux Smith avaient disparu sans bruit.

XVI

BOXING-OUT

L'Oiseau-Jaune en avait vu bien d'autres depuis Pontoise !
Comme ces deux mendiants déguénillés pouvaient avoir demain
les poches pleines d'or, il ne s'opposa point aux libéralités
d'Owen. Owen avait payé d'avance.

L'Oiseau-Jaune ayant jeté son coup d'œil périodique sur
la salle commune, où la consommation allait à souhait, revenait vers la cuisine, afin de surveiller Grelot, son nouveau
laveur de vaisselle, et se faire chanter, peut-être, quelque joli
couplet de Paris, lorsqu'il rencontra Dawson, qui revenait des
écuries et qui était très pâle.

— Je vous cherchais ! s'écria Dawson. Où est Gordon Leath?

— Gordon Leath ! répéta le landlord étonné et peut-être
un peu effrayé, car la réputation du fameux *bushranger* n'était
pas rassurante.

— Oui, Gordon Leath, le gentleman habillé de cuir gris.

— Avez-vous bu beaucoup de cobblers, ce soir, monsieur
Dawson?

— Je viens de voir son cheval à l'écurie... Love, l'anglais
noir avec deux croissants adossés entre les yeux. On dirait un
X, landlord !

— Un X, mister Dawson ! Voulez-vous que je vous serve
un grog?

— Je veux que vous me répondiez. Où est Gordon Leath?

— Vous pensez donc, dit l'Oiseau-Jaune avec une certaine émotion, que le Rôdeur-Gris pourrait être dans mon établissement?

— J'en suis sûr.

— Diable ! diable ! Alors, il y a peut-être une spéculation à tenter, mister Dawson. Je vous prie de me laisser réfléchir un instant. Il y a peut-être même à tenter deux spéculations.

— Quelles spéculations, landlord?

— Je voudrais voir le cheval noir avec la marque que vous avez dite entre les deux yeux.

— Suis-je de la spéculation?

— Si vous prenez des actions, oui, gentleman.

— Mais il faudrait savoir...

— Venez aux écuries.

De sorte que, pour le moment, l'Oiseau-Jaune n'alla point surveiller son compatriote Grelot, élevé depuis peu à la dignité de laveur de vaisselle.

Grelot n'étant point surveillé, suivait son instinct, et son instinct n'était point à laver la vaisselle. Pour aller de la salle commune aux appartements privés de Mme la vicomtesse, il fallait passer par les offices. L'établissement entier de L'Oiseau-Jaune était, en effet, une agglomération de tentes qu'on avait successivement ajoutées les unes aux autres, selon les besoins. Grelot songeait tranquillement auprès du dressoir encombré, lorsqu'il entendit le son de deux voix bien connues.

Deux hommes de haute taille passaient rapidement devant la porte des offices. L'un deux disait :

— Ils ne sont pas bien à craindre dans un état pareil !

Et l'autre :

— Je suis sûr que l'opinion de Jonathan sera qu'il faut en finir avec eux d'un seul coup.

Grelot n'entendit que cela. Il avait parfaitement reconnu les deux aînés des frères Smith. Sa première idée fut qu'il était découvert et qu'on faisait allusion à lui.

Mais on avait parlé au pluriel. Il s'agissait au moins de deux hommes dans la conversation des frères Smith. Et Grelot était seul. Qui pouvait être l'autre?

Grelot était d'un pays où douter c'est agir. Nul ne peut savoir quelles perfections atteint un gamin de Paris formé par les voyages. Grelot quitta sans regret sa vaisselle intacte et se coula sur les traces de l'ennemi. Les chemins lui étaient inconnus mais les chiens vont sans savoir la route. Il arriva à la tente de la suzeraine sur les talons des frères Smith, sans avoir le moins du monde éveillé leur attention.

Pendant que mon Grelot met tantôt sa fine oreille, tantôt son œil de basilic à l'ouverture de la tente de Fanfare, nous pousserons jusqu'aux écuries pour assister à la fin de la conférence de l'Oiseau-Jaune avec mister Dawson.

— Beau cheval, assurément, disait l'Oiseau en couvrant l'anglais noir d'un regard connaisseur. Cela vaut cent cinquante guinées, monsieur, comme un liard ! Mais comment diable est-il entré sans que je l'aie su ? Je vois tout, moi, c'est mon fort !

— Vous m'aviez parlé d'une spéculation, landlord.

— De deux, mister Dawson, et je vous mets de moitié dans la première pour une cinquantaine de livres.

— Voyons la première.

— Il faudrait d'abord être bien sûr que le Rôdeur-Gris est à Yellow-Bird.

— Je vous engage ma parole....

— Certes, certes.... mais Gordon a pu vendre son anglais.

— Pas probable !

— Il a pu être tué et dépouillé...

— Pas possible ! Mais supposez que vous êtes sûr.

— Dans cette hypothèse, mister Dawson, nous avons une imprimerie, vous savez ; je vais tirer cinq ou six cents bulletins que j'envoie par exprès à toutes les stations environnantes, plus cinquante affiches que je fais coller tout autour du camp sur les gommiers : GREAT ATTRACTION ! M. Isidore-Borromée-Médard-Lanternilliau Philippotelet de Saint-Bonaventure-en-Fontaine Romagnol a l'honneur de prévenir la noblesse, le gentry et le public que Gordon Leath, le célèbre bushranger, plus connu sous le sobriquet du Rôdeur-Gris, prendra son repas du soir dans la salle commune de l'Oiseau-Jaune.

11

— Capital ! dit Dawson, nous faisons une recette monstre !
Je mets les cinquante livres. Et l'autre spéculation ?

— Eh ! eh ! fit le landlord. Ce hardi coquin est la terreur
du pays, après tout.

— Il a du bon....

— J'entends bien. Il vous a rendu un service; mais il avait
en poche vos treize livres de poudre d'or, mister Dawson.

— C'est vrai.

— Mister Dawson, je ne suis pas un homme de police.

— Ni moi, landlord !

— L'escorte passe demain...

— De bonne heure.

— Il y a cinq cents livres d'affichées pour qui livrera le
Rôdeur-Gris.

— Exact.

— Je vous donne l'idée pour cent livres, monsieur Dawson.

— Payables sur la prime, landlord?

— Soit. Vous êtes un garçon intelligent.

— Et vous un joyeux compère, *by jove !* Touchez-là.

— Touchez-là, et rédigeons la circulaire.

Ils échangèrent le signe de l'estime et de l'affection, mais
il était dit que les événements, courant la poste, devance-
raient ce soir les combinaisons de ces deux adroits diplomates.

Le calme s'était rétabli dans la salle commune. La recon-
naissance entre le Malgache et Mornaix n'avait pas été ver-
beuse. Aussitôt après l'accolade ardemment échangée, ils
s'étaient assis devant le maigre festin offert par Owen, et y
avaient fait honneur comme des affamés qu'ils étaient, sans
s'inquiéter de l'attention moqueuse qui un instant les entoura.

Owen, bavard et emphatique, leur faisait des discours, sou-
lignant à haut bruit sa générosité. Kate ne disait rien, mais
ses grands yeux fatigués parlaient. Elle savait si cruellement
ce que c'est que la famine ! De temps en temps, en les regardant dévorer, elle serrait, d'un mouvement involontaire, les
deux petits contre son cœur.

Plusieurs nouveaux venus étaient entrés sur ces entrefaites :
des mineurs, les bergers et un Anglais, chasseur d'opossums

de son état, qui portait un brutal visage sur un corps d'athlète. Celui-là se nommait Rowley. Il avait couru les foires de l'ancien monde en qualité d'hercule du Nord.

La foule se fit autour de la table de *monte*; le jeu s'anima. Ceux qui ne jouaient point continuaient de s'occuper du Rôdeur-Gris, mais sans passion et comme on s'entretient d'un personnage légendaire.

Quand la première souffrance de la faim fut apaisée, car nos deux beaux-frères en étaient là tous les deux, Mornaix toucha le pied de Miguel par-dessous la table.

— Point de nouvelles? murmura-t-il.

Le Malgache secoua la tête sans répondre.

— Naranja?... murmura Robert, insistant malgré lui.

— Rien, répliqua le Malgache d'un air sombre.

— Et Roger? demanda Mornaix après un silence.

— Rien.

— Et Grelot?

— Rien.

Ils mangèrent, mangèrent, mais le besoin étant assouvi, le pain leur semblait amer.

— C'est une chose étrange, reprit Mornaix, pendant que j'étais assis au seuil de cette porte, mes idées vacillaient et ma tête se perdait...

— Combien y avait-il de temps que la faim durait? interrompit la Malgache.

— Je ne sais, j'avais trouvé des racines. Et vous, Miguel, combien de temps?

— Je ne sais, j'ai sucé le sang d'un oiseau que j'ai surpris dans son nid... quelle est donc cette chose étrange?

— J'ai cru entendre... et reconnaître, oui, je l'ai cru, la voix d'un des Smith... et je n'ai pas eu la force de relever la tête!

— Je n'ai rien entendu, moi, rien reconnu. Je n'étais ni endormi ni éveillé. J'avais idée d'étrangler un de ces drôles pour avoir son argent...

Il fut interrompu par une voix qui disait :

— Ici, le Rôdeur-Gris! Gordon Leath! Êtes-vous sûr de cela?

— Oui. Dawson a vu son cheval noir à l'écurie, fut-il répondu.

— Impossible !

— Absurde !

— Vois, Owen, mon mari, dit Kate. Le Rôdeur-Gris, c'est peut-être cet homme qui vous a proposé de jouer !

— Je suis plus fort que lui, répondit Owen. D'un coup, je l'ai envoyé à dix pas.

L'Oiseau-Jaune entra dans la salle commune et s'approcha de la table de *monté*. Il parla bas au broker et à Rowley qui le suivirent, abandonnant le jeu avec une évidente répugnance. Un entretien à voix basse s'engagea aussitôt entre ces deux hommes et les frères Smith qui les attendaient au dehors. Ils se croyaient seuls; mais derrière le tronc d'un buis mort, qui servait de piquet à la dernière tente, une masse grisâtre gisait immobile comme un cadavre. C'était un marché qui se débattait.

Les Smith fournirent leurs instructions, payèrent et se retirèrent, Rowley et le Broker rentrèrent dans la tente, disant :

— Avec ces pauvres diables, il ne s'agit pas de coups de poings, mais de chiquenaudes.

Après Rowley, le Broker était le plus redoutable boxeur du campement.

Quand ils furent partis, la masse grisâtre se souleva au pied du buis, et Grelot se dressa sur ses jambes.

— On va riré ! murmura-t-il seulement.

Et il revint à sa vaisselle.

Rowley et le Broker, pour remplir leurs missions, ne firent pas une grande dépense de diplomatie. Ils avaient hâte de reprendre le jeu. Aussitôt entrés, ils appelèrent l'Oiseau-Jaune à haute voix, et Rowley, montrant du doigt Mornaix et Miguel toujours attablés, demanda brutalement :

— Landlord, pensez-vous qu'il soit convenable de mêler des mendiants pareils à une assemblée de gentlemen?

L'Oiseau-Jaune pinça les lèvres avec dédain.

— Des affamés, monsieur Rowley, dit-il; de pauvres malheureux...

— A la porte ! commanda le Broker.

Les joueurs et les causeurs commençaient à relever curieusement la tête. Les mœurs de l'Australie sont en général, assez hospitalières. Il y avait de la surprise dans le regard des assistants. Mais le Broker cligna de l'œil à la ronde et dit :

— Défend-on les rôdeurs, maintenant?

Ceci se rapportait si bien à la préoccupation causée par la présence annoncée de Gordon Leath que personne ne s'avisa de prendre le parti des deux inconnus.

Excepté Owen pourtant, qui se leva chancelant et s'écria :

— Ce qu'ils mangent et ce qu'ils boivent a été payé par un bon cœur !

— Ne vous mêlez point de cela, l'homme, ordonna Rowley d'un air sombre.

Et, comme le pauvre Irlandais voulait protester, Kate lui noua ses deux mains sur la bouche, murmurant :

— Vous n'êtes qu'un squelette en face de ces Goliath ! Les deux hommes ont apaisé leur soif et leur faim, n'allez point vous faire de mauvaises querelles !

Quant à ceux qui étaient l'objet direct de cette grossière attaque, ils ne paraissaient point s'en émouvoir outre mesure. Seulement, le Malgache dit à l'oreille de Mornaix :

— Vous pourriez bien avoir raison : cela sent les Smith.

— Plus je m'interroge, répliqua Mornaix, plus il me semble avoir entendu la voix de Tom.

— A la porte ! répéta le Broker.

Et Rowley ajouta :

— S'il reste quelque chose à ronger sur l'os emportez-le, chiens que vous êtes !

— Allons ! allons ! appuya l'Oiseau-Jaune, plus doucement. Ne vous obstinez point, mes amis. Vous voyez bien que vous incommodez mes pratiques.

— Mais de quel droit?... commença Mornaix.

Il fut interrompu par un gros rire.

— S'il parle de droit, c'est un voleur ! dit Dawson qui rentrait.

Rowley se pencha à l'oreille du Broker :

— Attention ! dit-il, je vais faire lever le gibier. Donnez le coup de la tempe, moi j'écraserai la poitrine. Si nous frappions au même endroit, ce serait louche.

Mornaix et le Malgache n'avaient pas encore bougé. En ce moment, le verre de Rowley décrivit une courbe et vint toucher Miguel au front.

— Voilà comme je discute avec des coquins de votre espèce ! s'écria l'ancien hercule qui fit un pas vers ses adversaires.

Le Malgache et Mornaix étaient déjà debout, tenant à la main les couteaux de table.

— A bas les couteaux ! à bas les couteaux ! vociféra-t-on de toutes parts, comme si la vue de ces armes eût été un scandale.

Partout où les Anglais sont les maîtres, au milieu d'une apparence de liberté complète, il y a des usages établis qui font la loi et sont toujours à l'avantage des Anglais. Dans les villes et campements de l'Australie, la règle est que les querelles soient vidées au moyen de la boxe.

Le revolver et le couteau se mettent fréquemment au-dessus de cette loi; mais le revolver et le couteau n'ont pas droit acquis de cité, comme en Californie, par exemple. Les Anglais, sachant se servir du poing comme d'un assommoir, ont statué qu'il était permis d'assommer avec le poing.

— Nous ne sommes par les agresseurs, dit Mornaix, nous avons le choix des armes.

Il y eut trois grognements pour Mornaix. On l'appela bandit, mendiant, et même Français, ce qui est une considérable insulte. Puis tout le monde parlant à la fois :

— Formons le *ring* (la bague) ! Il y a longtemps que nous n'avons vu Rowley à la besogne.

— Un *boxing-out* (une partie de boxe à outrance) ! Ces drôles font semblant d'être exténués, mais ils ont des muscles : voyez !

— Ceux du basané sortent comme des cordes !

— Dix contre un pour Rowley !

— Cinquante dollars contre vingt-cinq qu'il abat le Français du premier coup !

Et le *ring* se formait, la terrible bague, le cercle qui entourait les combattants, comme la barrière d'un champ clos.

— Arrah ! s'écria l'Irlandais ; je veux bien qu'ils se battent ! Ils ont bu et mangé aux frais d'un chrétien, et une partie de boxe est un spectacle agréable après un bon repas. Tu vas voir cela, Kate, ma femme. Montez sur la table, les petits ! La table est à moi.... mais il faut des parrains. Landlord, si vous avez du cœur, vous direz comme moi : il faut des parrains !

C'était là une chose qui ne souffrait pas de discussion. Il n'y a pas à plaisanter avec la procédure du duel à coups de poing. Les assistants s'interrogèrent du regard.

— A cela ne tienne, dit Rowley. Landlord, prenez un de ces drôles ; l'autre est à toi, Pady.... et travaillons !

L'Oiseau-Jaune fit la grimace, mais il se rendit à son devoir. Quant à Owen, il frappa ses mains l'une contre l'autre avec une joie d'enfant.

— Je vais être témoin, ma femme ! s'écria-t-il. Regardez, Patrick ; regardez, Madge, comme votre père va se conduire ! Landlord, prenez le vôtre ; moi, j'ai le mien ! Arrah ! arrah ! je suis récompensé d'avoir bien agi !

Il s'approcha en même temps de Mornaix, qui le repoussa d'un seul mouvement de coude, comme un enfant. Le Malgache et lui avaient échangé quelques paroles rapides.

Ils se placèrent dos à dos derrière la table et dirent en même temps :

— Que ceux qui veulent nos couteaux viennent les prendre !

Il y eut un murmure de violente indignation. Les lâches ! ils ne voulaient pas du pugilat ! Seuls contre trente, ils s'abritaient derrière une table pour vendre leur vie ! Ils avaient, contre trente poignards et trente revolvers, deux couteaux à couper le rosbif, les lâches !

Aussi le cercle se rétrécit menaçant pour mettre fin à cette indignité. Il y avait unanimité dans l'assemblée ; les deux étrangers, puisqu'ils ne voulaient pas boxer, avaient donné leur démission d'hommes. On pouvait les traiter comme des animaux féroces.

Tout en restant dos à dos, Mornaix et Miguel se prirent à

marcher lentement vers la porte de sortie. Ils savaient l'un et
l'autre parfaitement quel était le danger qui les enveloppait,
mais ils avaient tous deux le courage éprouvé de l'aventu-
rier, habitué à voir la mort en face.

— En avant ! commanda Rowley; faites comme moi !

Il saisit un tabouret et le brandit au-dessus de sa tête,
mais il n'eut pas le temps de le lancer. Un cri clair et perçant
était parti de l'ouverture donnant sur les offices; ce cri fut
suivi d'un grand bruit de vaisselle cassée qui retentit jusqu'au
fond du cœur du Landlord.

Puis l'ouverture vomit une véritable mitraille de tessons.

Puis encore, parmi le trouble produit par cette diversion
inattendue on vit un homme, un singe plutôt, marchant avec
aisance sur les épaules et les crânes pour retomber, léger
comme une plume, au centre du cercle.

L'homme ou le singe fit un signe amical à Mornaix et à
Miguel qui laissèrent échapper le même cri de joie :

— Grelot !

— Ça va bien? dit celui-ci en frottant rapidement ses deux
mains sur le sol poudreux. Pas mal, et vous? Nous allons rire !

Et d'un subtil coup de pied, lancé sans effort apparent, il
écrasa la mâchoire de Rowley, dont son premier tesson avait
endommagé le crâne.

Rowley eut un grognement de colère sauvage et se rua sur
lui. Mais Rowley rencontra le vide. Le pied de Grelot était
déjà dans l'œil du Broker.

En même temps, ses deux poings foudroyaient d'un double coup sec et net comme une décharge d'arme à feu, un grand
diable d'Américain qui voulait le prendre à bras-le-corps. Et
tout en travaillant ainsi, il bavardait; jamais le gamin de Paris
ne renonce à son éloquence.

— Ah ! vous voulez boxer? disait-il. A toi, à moi ! Présent !
Rien dans les mains, rien dans les poches ! Ça va ! Élève de
Vigneron, ayant obtenu un joli succès, salle du Vauxhall, vis-
à-vis de l'Entrepôt, en présence d'une société choisie !

Mais tout en bavardant, il travaillait, Dieu sait comme !

Le malheureux landlord tomba, prenant son tibia broyé à

deux mains; et Dawson mit son foulard sur son oreille écrasée.

— Boxons, mes frères, boxons, puisque c'est votre idée ! Tiens, l'Anglais, pare un peu ce coup de poing, John Bull, y es-tu?.... oui, mais ton nez n'y est plus, ma poule !

Les deux mains de Grelot venaient de toucher le sol, et son talon, détaché en ruade, moulait un rond au beau milieu du visage de Rowley, comme un cachet dans de la cire rouge.

C'était un carnage en vérité. La plume ne peut rendre la rapidité prestigieuse de ces mouvements. Grelot distribuait vingt coups en dix secondes et les accompagnait encore de bienveillantes explications.

— C'est la boxe française, disait-il, communément appelée le chausson, et même la savate, parmi les basses classes du peuple. La boxe anglaise est bonne pour les Englishmen et les yankees; à Paris, ça n'est pas de mise. Tenez ! je vas enlever ce gentleman par le creux de l'estomac.... et arracher deux dents à celui-ci, sans douleur.... de ma part ! Mais boxez donc, chérubins que vous êtes ! Ah ! ah ! on arme les revolvers ! voilà des couteaux ! Minute ! un *bémol* à la clef : Nous y sommes !

En conscience, le moindre détail, en allongeant le récit, rendrait cette scène invraisemblable, et pourtant que de figures à peindre dans cette respectable assemblée qui se partageait entre la colère et la terreur ! Un seul homme était heureux, mais il était heureux pour tout le monde à lui tout seul : c'était Owen, l'Irlandais, qui, monté sur la table pour mieux voir, battait des mains et applaudissait avec folie.

— Arrah ! Begorra ! criait-il, enfilant toutes les exclamations celtiques, och ! och ! ma bouchal ! Voyez, Kate, quel coup de pied ! Regardez, Patrick, regardez, Madge ! Encore une jambe cassée ! encore un œil crevé ! Voilà comme je serais, ma femme, si l'on me mettait en colère ! Och ! och ! Le joli garçon, ma bouchal ! Arrah ! arrah !

La scène, cependant, avait changé d'aspect. Aux derniers mots prononcés par Grelot, un Américain, armé jusqu'aux dents et qui relevait le chien de son revolver, était tombé comme une masse, les jambes coupées par une *fauche*, admirablement détachée. Grelot s'était baissé deux fois sur lui sans cesser de tenir en garde son redoutable jarret, adroit et fin comme une épée. Il avait désormais un pistolet dans la main gauche et un énorme bowie dans la main droite.

Il est à peine besoin de dire que, pendant ce trouble favorable, Mornaix et Miguel n'étaient pas restés oisifs. Savoir se contenter du second rôle, au besoin, est une riche qualité que les généraux possèdent rarement, ce qui au dire de Napoléon Ier, fit perdre d'innombrables batailles. Mornaix et Miguel n'avaient autre chose à faire qu'à profiter de la bagarre pour s'armer solidement. Quand le premier coup de revolver éclata, Miguel et Mornaix, qui jusqu'alors avaient laissé le champ libre aux exploits gymnastiques de Grelot, se mirent en ligne à ses côtés et ripostèrent.

Il y eut en tout quatre coups de feu, tirés, puis un temps d'arrêt eut lieu, parce que les trois Smith, avertis, rentraient avec leurs carabines. C'était un renfort qui rompait l'équilibre. Les Smith n'étaient pas hommes à faire des façons.

— Bas les têtes ! commanda Jonathan dont la voix orgueilleuse triomphait. Nous allons exécuter ces coquins !

Mais il était écrit qu'on verrait d'étranges choses, ce soir, dans l'établissement de *l'Oiseau jaune*. Un coup de feu vint du dehors et brisa la carabine de Jonathan Smith entre ses doigts, comme il mettait en joue.

La porte extérieure était grande ouverte et donnait vue sur le dehors où la nuit succédait rapidement au crépuscule ; au bruit du coup de feu, tous les yeux s'était tournés vers cette issue, tous les yeux élargis par une curiosité étonnée.

Une voix murmura :

— Gordon Leath ! voyez !

Puis dix autres voix :

— Le Rôdeur-Gris ! Le voilà qui entre à cheval !

— Feu ! hurla Jonathan, qui saisit en même temps l'arme de son voisin.

— Place, camarades ! prononça tranquillement le bizarre personnage qui recevait ce nom de Gordon Leath. On est vingt contre un, ici, à ce qu'il paraît, j'arrive bien, faites-moi place !

Son œil couvrait si complètement Jonathan Smith que celui-ci n'osa pas tirer.

— A cheval ! s'écria Owen émerveillé ; il entre à cheval ! Regarde, ma femme !

De l'ombre extérieure une tête d'ébène était sortie, marquée de deux croissants blancs adossés entre les deux yeux, puis une fière encolure, puis un homme de haute taille, à qui son costume gris donnait l'apparence d'une statue de fer. Il piqua des deux en franchissant le seuil, et un bond gracieux de sa monture le porta au-devant de nos trois amis qui restaient bouche béante à le contempler.

Grelot dit le premier, libre et gai, comme si le danger eût été à cent lieues :

— C'est mon notaire, nom d'un cœur ! Bonsoir ! patron !

— C'est M. de Lavaur ! ajouta le Malgache stupéfait.

Et Mornaix, en un cri de joie :

— Roger ! Roger Bontemps !

RENARDS ET PHILISTINS

Le temps d'arrêt qui se produisait n'avait pas seulement pour origine la surprise des hôtes de *l'Oiseau-Jaune* en voyant le sabot d'un cheval violer le sol de la salle commune. Cette intrusion, *shoking* au premier chef, eût été une raison de plus pour activer la besogne des couteaux et des revolvers.

Mais il y a des noms qui sonnent terriblement. Ces pays neuf sont leurs superstitions, leur merveilleux tout comme l'ancien monde. La légende de Gordon Leath, le Rôdeur-Gris, ce bandit multiple et sempiternel, courait les stations depuis des années. Aux veillées du soir, dans les campements des chasseurs d'or, les aventures de Gordon Leath étaient le poème favori des conteurs.

Dans ces haltes de la vie demi-sauvage, d'ailleurs, les gens se connaissent mal entre eux et souvent ne se connaissent point du tout. Disons plus : la connaissance qu'ils peuvent avoir les uns des autres n'est pas toujours propre à les rassurer, bien au contraire.

En dehors des travailleurs, armés tout uniment de la pelle et de la pioche, il y a les aventuriers qui font on ne sait quoi, à moins qu'on ne sache trop bien la nature de leur besogne.

Nous l'avons dit et nous le répétons, il faut faire une très grande différence entre les mœurs aventurières de l'Australie et celles des champs d'or mexicains : différence qui est tout à l'avantage de l'Australie, mais ce serait se tromper cruellement que d'élever cet avantage à la hauteur d'une sécurité. La loi est là dedans pour peu de chose. C'est bien plutôt l'écart de température qui existe entre la sombre fièvre du sang créole et le flegme gelé de la lymphe anglaise.

Les *bushrangers* ou rôdeurs des bois sont nombreux dans les districts de l'or, bien armés, résolus et liés entre eux par une sorte de franc-maçonnerie. Non seulement les mineurs isolés sont pour eux des proies faciles, mais encore ils attaquent très souvent les *partis* ou caravanes, et parfois même les escortes du gouvernement.

Or, quelle que fût la personnalité réelle de ce Gordon Leath, le Rôdeur-Gris, qui portait, au su et au vu de tout le monde, le nom d'un bandit, mort depuis des années, chacun savait ou croyait savoir que Gordon Leath était le grand maître de l'association mystérieuse des bushrangers.

Et pour rentrer dans le particulier après avoir parlé en général, l'apparition soudaine de Gordon Leath dans la tente commune de *l'Oiseau-Jaune* était non seulement un motif d'épouvante, mais une cause d'hésitation et de défiance.

Il y avait, en effet, cent à parier contre un que, dans le nombre des honorables gentlemen rassemblés autour des diverses tables, plusieurs faisaient métier de battre les buissons. Supposer le contraire eût été, assurément, compter sur un miracle. Il y avait là des Américains qui sentaient la corde à trente pas, des Mexicains à qui on eût vissé le garrot autour du cou, rien que sur leur bonne mine. Et comme il arrive cinq fois sur six dans les auberges des campements, la moitié, pour le moins, des personnes présentes, venait on ne savait d'où, allait on ne savait où.

Les quinze ou vingt revolvers qui étaient là tout armés allaient-ils faire feu dans la même direction ou se tourner les uns contre les autres ?

Ces motifs d'inquiétude étaient si sérieux et si naturels, que peut-être n'y aurait-il point eu de bataille sans un incident qui rompît la glace en quelque sorte. Le magnifique cheval anglais, monté par le rôdeur, pris dans cet espace où l'air lui manquait, saisi aux narines par l'odeur du tabac et de l'alcool, ébloui par la lumière et la vue de la foule, se cabra tout à coup et devint furieux. Il se lança droit devant lui, écrasant ce qui lui faisait obstacle. Dans l'effort qu'il tenta pour le réduire, son cavalier perdit ce fameux chapeau de cuir gris qui avait barré la route à Dawson. Sa tête parut à découvert, et Dawson s'écria aussitôt :

— Celui-là n'est pas Gordon Leath !

— Feu ! répéta en même temps Jonathan Smith qui lâcha son coup de carabine. Celui-là est un mendiant de Français, qui ne vaut pas l'ongle de l'orteil du Rôdeur-Gris !

Il y eut une épouvantable explosion de poudre et de clameurs. Le beau cheval se leva tout droit sur son train de derrière, puis tomba comme une masse.

Au moment où Jonathan avait pressé la détente de son revolver, Grelot, parlant à voix basse, avait dit :

— Aux flambeaux !

Ceci était le résultat d'un plan, rapidement concerté entre les trois amis pendant les quelques secondes de trêve. Quatre flambeaux éclairaient la scène. Mornaix tira deux fois, Grelot et Miquel tirèrent chacun une fois. Les quatre flambeaux éteints laissèrent la salle commune dans une complète obscurité, Grelot dit encore :

— Il n'y a que l'écurie où l'on puisse se défendre. Je sais le chemin. Suivez-moi !

— Assomme ! assomme ! criait Jonathan qui s'était précipité en avant, espérant trouver le faux Gordon Leath embarrassé dans les harnais de son cheval mort. Mais il ne trouva qu'une main d'acier qui se crispa dans la laine de sa chevelure, tandis qu'un coup de couteau bowie labourait ses côtes.

Il faut renoncer à peindre l'effrayant tumulte qui suivit. Sam et Tom Smith avaient bravement lâché leurs coups de revolver dans la direction où naguère étaient nos amis, sans s'inquiéter de ce qui pouvait être entre eux deux. Mineurs et aventuriers, se sentant frapper par derrière, croyaient à quelque trahison et rispotaient en jurant. On entendait craquer les batteries et grincer les couteaux au milieu d'un concert de blasphèmes empruntés à diverses langues, mais où l'idiome anglais conservait son incontestable suprématie. Owen, à qui personne ne songeait, poussait des clameurs extravagantes, Kate gémissait bruyamment, appelant tous les saints du paradis; les deux petits bêlaient.

Seuls peut-être au milieu de cette bruyante cohue, nos quatre amis gardait le silence, exécutant avec prestesse et sang-froid le plan concerté entre Mornaix, Grelot et le Malgache. Roger, dégagé sans bruit par Mornaix sentit un doigt s'appuyer sur la bouche et entendit ces mots tomber dans son oreille :

— Rien que le couteau !

Tous quatre se serrèrent et commencèrent cette entreprise difficile de percer la foule dans la direction de la porte intérieure communiquant avec les offices.

Il ne fallait pas songer, en effet, à sortir par l'issue extérieure. Outre que les Smith et leurs adhérents s'étaient portés là d'instinct, on entendait des pas pressés au dehors et des lueurs approchaient. Le campement entier, femmes, enfants, serviteurs, se précipitait vers *l'Oiseau-Jaune* avec des torches pour connaître les motifs de la bagarre.

A la vérité, il en était de même vers l'intérieur, mais dans la proportion de sept à huit personnes, en comptant la vicomtesse Fanfare, arrachée à son doux *farniente* par le bruit trop voisin de la fusillade.

Roger avait évidemment fait d'assez jolis progrès depuis son départ de Paris. Il devait sans doute à quelque diabolique aventure le costume de Rôdeur-Gris qu'il portait si galamment. Quoiqu'il eût déjà travaillé à merveille autrefois sur la grève du Perrey, au Havre, ses compagnons purent constater une amélioration remarquable dans la façon dont il reçut les premiers qui s'approchèrent de lui après la chute de son cheval. Aucun notaire de Paris n'eût, certes, fendu un front et troué une jaquette de buffle avec la netteté qu'il mit à cette opération.

En chemin, de la table centrale à la porte, il fit encore quelques bons coups à la sourdine, mais il eut le temps de dire tout bas, dans ce trajet si court, à l'oreille du Malgache, qu'il n'avait pas pris goût aux aventures.

Comme nos amis atteignaient l'ouverture intérieure, les lumières arrivaient à la fois du dehors et du dedans avec la foule des curieux. Ce fut un petit moment d'épreuve, parce que cet enragé de Jonathan, tout blessé qu'il était, cria de sa voix de stentor.

— Cernez-les ! brûlez-leur les yeux par devant ! lardez-les par derrière !

— Un temps de galop ! ordonna en même temps Mornaix.

Et Grelot :

— A la Monaco ! la main aux dames ! allez, la musique !

Le Malgache poussa un sauvage cri de guerre. Roger ne dit rien, mais, tudieu ! la besogne qu'il tailla aurait bien étonné maître Piédaniel !

Ils passèrent tous quatre sur le ventre des derniers opposants. Une fois au seuil, Mornaix saisit l'Oiseau-Jaune et Roger la vicomtesse Fanfare, sa femme, qui arrivait en fraîche toilette du bal Mabille. La retraite acheva de s'effectuer derrière ces vivants boucliers qui se débattaient en criant comme des aigles. Quand nos quatre amis parvinrent à la porte de l'écurie, ils se regardèrent, fumant la sueur et le sang. Tous quatre avaient les bras rouges jusqu'au coude.

Ils entrèrent, et la porte massive se referma sur eux. Leur premier mouvement fut de s'embrasser comme on remercie Dieu. Aucun d'eux n'était blessé, sauf les contusions et les égratignures. Ces batailles de chambre, dans les deux Amériques et en Australie, font souvent plus de tapage que de mal. Les mouvements sont gênés, on tire de trop près et sans viser ; les coups, partagés au hasard, vont en majorité au parti le plus nombreux. Le miracle n'était pas dans ce fait que nos amis sortaient sains et saufs de cette mitraillade, le miracle était dans leur réunion même, à l'heure du suprême danger.

— Nous sommes sauvés, puisque nous sommes ensemble ! s'écria Mornaix en donnant une seconde accolade à Roger.

— Écoutez ! fit Miguel en prêtant l'oreille aux bruits du dehors.

— Peut-être auriez-vous bien fait, dit Roger, de garder l'homme et la femme pour otages.

— Devient-il fort ! s'écria gaiement Mornaix.

— Pour rusé, mon notaire est rusé, ricana Grelot qui n'avait pas perdu une parcelle de sa joyeuse humeur.

Au dehors, les bruits se rapprochaient. Le Malgache, qui riait rarement, alla coller son oreille à la porte.

— Mon vieux Roger, reprit Mornaix, dans ce pays-ci, les otages ne valent pas la peine de les prendre. Chacun des hommes que nous avions là-bas casserait la tête de son voisin pour une poignée de poudre d'or. Le landlord et sa femme nous auraient gênés, voilà tout. Si les Smith comptent nous enfumer ici, comme c'est vraisemblable, il leur eût été parfaitement indifférent de rôtir avec nous Mme Fanfare et son auguste époux.

— Fanfare ! répéta Roger comme si ce nom eût éveillé en lui un vague et lointain souvenir.

Le Malgache fit de la main un signe qui ordonnait le silence. Grelot comptait les chevaux qui étaient nombreux et presque tous d'une grande beauté. Il semblait tout entier à son travail.

Mornaix dit tout bas en le montrant du doigt :

— Maître Grelot est à la recherche d'une mécanique pour nous tirer d'ici....

— Ils sont là ! murmura Miguel, à dix pas.

En parlant, il rechargeait lestement son revolver. Mornaix et Roger voulurent l'imiter. Grelot se donna tout à coup un maître soufflet sur le front.

— Pas de bêtises ! dit-il. Les pistolets ne serviront à rien ; c'est bon pour plus tard. Eh ! mon notaire, il s'agit de prendre la poudre d'escampette ! Avez-vous un brin d'idée?

— On pourrait faire une sortie, répliqua Roger, sérieux et calme comme s'il eût été à l'étude, copiant les rôles du patron.

— Ils vont chercher des haches ! annonça Miguel toujours aux écoutes.

— Une chose que je voudrais savoir, reprit Grelot, c'est pourquoi et comment mon notaire a sur le corps la défroque du Rôdeur-Gris. Mais au prochain dessert, il aura l'obligeance de nous raconter ça. En voici deux, des haches.

Il en jeta une aux pieds de Mornaix et ajouta :

— Monsieur le comte, sans vous commander, faites comme moi, et on va peut-être rire !

— Et moi? demanda Roger.

— Vous, sellez quatre chevaux, les meilleurs.

— Et moi? répéta le Malgache. Je vous préviens qu'on voit venir des torches.

— Vous, faites des paquets de paille, de ce qu'il appellent ici de la paille, faites-en quatorze, ni plus ni moins, gros chacun comme trois fois votre cuisse.

— Et ça servira?

— Obéissez, Miguel ! interrompit Mornaix.

Le Malgache quitta son poste en grommelant :

— On n'éteindra pas le feu avec des bouchons de paille !

Mornaix et Grelot étaient déjà en besogne aux deux côtés de l'écurie; Roger s'occupait des chevaux, le Malgache se mit à lier ses paquets de litière.

Pour que le lecteur soit à même de comprendre le rôle des assiégés, l'idée de Grelot et les efforts des assiégeants, dont il sera bientôt fait mention, nous sommes obligés de décrire au moins sommairement le lieu où nos amis se sont enfermés. Grelot nous l'a dit déjà : l'écurie de *l'Oiseau-Jaune* était le seul endroit où l'on pût soutenir une manière de siége, tout le reste de l'établissement n'étant formé que de tentes juxtaposées et défendues seulement par la toile qui les recouvrait.

L'écurie, au contraire, l'unique écurie qui fût dans le campement, était construite en troncs de gommiers, solidement reliés par des chevilles, dans toute l'étendue de ses quatre faces. Deux de ses angles avaient des crampons de fer; les deux autres, dans la prévision d'un agrandissement prochain, étaient tenus par des mortaises et des cordages à l'intérieur, de telle sorte que l'un des pans, formant muraille, pouvait être reculé selon les besoins de l'achalandage.

L'écurie du landlord était un de ses meilleurs revenus. Comme le cheval est là-bas, pour tous, un objet d'ardente convoitise, comme les voleurs de chevaux y sont nombreux, audacieux et capables de tout pour arriver à leurs fins, le landlord louait chacune de ses places ou *boîtes* un prix fou. L'écurie de *l'Oiseau-Jaune* n'avait jamais perdu un seul cheval. Avec sa clôture de troncs d'arbres, elle était regardée comme une forteresse.

Trois côtés du solide parallélogramme étaient pris au milieu des divertes tentes qui composaient l'auberge et ses dépendances; le quatrième côté regardait la campagne et formait l'extrémité nord du campement. Il n'y avait rien au delà, sinon deux ou trois huttes d'écorce, habitées par ces misérables êtres qui sont les débris de la population indigène.

Une porte assez large s'ouvrait au milieu de ce pan extérieur; une autre porte donnait, vers l'ouest, sur les dépendances de l'hôtellerie.

C'était à cette dernière porte que le Malgache avait collé son oreille. Nos amis étaient entrés par là en venant de la tente commune. C'était de l'autre côté de cette porte, fermée et barricadée, que les assaillants tenaient conseil avant d'entamer les hostilités.

Au contraire, Mornaix et Grelot travaillaient à droite et à gauche du grand pan qui regardait la campagne, et comme s'ils eussent voulu désarticuler cette énorme cloison.

A l'intérieur, le pan ne tenait que par des crampons de bois et des cordages, liés autour de deux forts poteaux dont chacun soutenait un angle de la bâtisse. En un tour de main Grelot eut accomplit sa tâche du haut en bas. Il rejoignit alors Mornaix qui achevait la sienne. Roger et le Malgache se rapprochaient, discutant sur le mérite d'un des quatre chevaux choisis pour avoir l'honneur de porter nos quatre compagnons en cas de fuite. C'était un fringant animal, dont la lampe suspendue au plafond éclairait la fine cambrure et la croupe magnifique.

— Veillez aux portes ! commanda Grelot. Il ne faut pas qu'on nous dérange avant que la mécanique soit montée, parée et graissée.

Comme si les gens du dehors eussent jugé à propos de lui répondre, une robuste pesée secoua le battant qui donnait sur les communs. Miguel, profitant de l'effort, put introduire son revolver dans l'ouverture produite et lâcha deux coups qui furent suivis d'un double hurlement.

— Bravo ! Malgache, applaudit Grelot. Regardez !

Mais sa voix fut couverte par une soudaine clameur. Les assaillants renonçaient bruyamment au silence qui avait accompagné leurs premières opérations. Un concert de blasphèmes et d'injures s'éleva, tandis que vingt pistolets ouvraient une pétarade inutile.

Puis des voix dominèrent le tumulte disant :

— Une flambée ! Allumons-les !

— Pas de feu ! cria la voix aigrement suppliante de l'Oiseau-Jaune. Vous savez bien que mon établissement tout entier brûlerait comme une boîte d'amadou ! Pas de feu ! mes chers enfants, vous ne voudriez pas ruiner un honnête homme !

— Tant qu'on n'emploiera pas le feu, répliqua Dawson, nous nous ferons canarder comme des niais par les fentes de la porte.

— Le feu ! le feu ! gronda un chœur formidable qui était évidemment la majorité.

— Les maîtres des chevaux ne sont pas là ? murmura Grelot avec une certaine anxiété. Il nous faudrait encore dix minutes.

— Le premier qui parle de feu aura affaire à moi ! exclama la grosse voix de Jonathan Smith. Nous avons six chevaux là dedans, nous autres ! attention !

— A bas le feu ! appuyèrent quelques voix.

— Au diable les chevaux ! vociféra le chœur.

Il y eut une seconde décharge, mais celle-ci dénotait une guerre civile entre ceux qui voulaient l'incendie et les maîtres des chevaux qui mettaient ainsi leur *veto*.

— A la bonne heure ! dit Mornaix tranquillement. Monsieur Grelot aura ses dix minutes et même la douzaine.

Pendant quelques secondes, il fut impossible de rien distinguer parmi les bruits confus qui éclataient au dehors. Mais bientôt la paix fut faite, et il sembla que les assiégeants tenaient une sorte de conseil. Tout en travaillant, Grelot avait l'oreille au guet.

— A vos chevaux, mon notaire, dit-il, et que ça soit san-

gé à la papa ! Miguel, confectionnez vos bondons de [illegible],
on vous donnera gratis la manière de s'en servir.

— On dirait qu'ils s'éloignent, murmura Mornaix.

— Parbleu ! fit Grelot, les Smith ont été à l'école chez les
Apaches là-bas. C'est bête, c'est lourd, mais ça a fait de bonnes
études. Ils auront trouvé aussi quelque mécanique.

De la porte de l'ouest, où il nouait sa paille, le Malgache
annonça :

— Il n'y a plus personne.

— J'ai fini, ajouta Mornaix qui, d'un coup de hache, trancha le dernier lien.

— Reste la partie de voltige, répliqua Grelot. La chose
tient au toit de bout en bout. Veillez aux quatre aires de vent,
s'il vous plaît, je vais visiter la charpente.

— Tu pourrais bien, dit Mornaix, nous expliquer un peu
ton affaire.

— Je suis aux ordres de monsieur le comte, répliqua Grelot
qui déjà grimpait le long de l'un des poteaux avec une agilité
de singe. Que monsieur le comte ait seulement la bonté de
remuer la terre au pied des troncs. Les outils de mineurs ne
manquent pas ici.

Il y avait, en effet, des pelles et des pioches dans tout les
coins de l'écurie. L'Oiseau-Jaune était un commerçant omnibus.

— Or donc, reprit Grelot en attaquant la première amarre
reliant le mur de bois à la charpente, pendant que Mornaix
descellait le pied du premier tronc : or donc, je suis bon catholique et ne lis pas souvent la Bible protestante. N'empêche
que, voilà trois ou quatre mois, à Melbourne, n'ayant rien de
plus pressé à faire, j'ai mis le nez dans l'*Histoire de Samson*,
édition de Londres, pour l'usage exprès de la congrégation
anabaptiste de Mary-le-Bone. Très-bien... Est-ce dur, le sol ?

— Non répondit, Mornaix.

— Chut ! fit le Malgache, voilà qu'on les entend de nouveau, ici, de votre côté.

— Ne vous inquiétez pas de mon côté, repartit Grelot. Je
suis aux premières loges pour les voir par cette lucarne. Si je
voulais, je ferais la fin des trois Smith en trois coups de revolver.

Mais ce ne serait pas l'affaire de M. le comte, qui veut se servir d'eux pour retrouver la señorita. C'est dans les règles. Un homme sage s'assure toujours d'une piste à suivre... Où en étions-nous? aux renards de Samson, je crois !

— Vous n'avez pas encore parlé des renards, monsieur Grelot, dit le Malgache avec un grand sérieux.

Le Malgache écoutait fort attentivement; sa confiance dans le gamin de Paris était sans bornes.

— Un peu plus de paille dans vos paquets, Miguel, recommanda Grelot. C'est pour attacher à la queue des renards.

Roger ouvrit de grands yeux.

— Où diable prends-tu les renards, saute-ruisseau, demanda-t-il.

Grelot répondit :

— Patron, vous avez appris de fond en comble l'art de seller les chevaux. C'est ficelé, cette besogne-là ! Veuillez accepter mes compliments bien sincères... Tiens ! tiens ! Ils ont des pioches aussi, là-bas, et des pelles et des haches. Est-ce qu'ils m'auraient volé mon idée.

Mornaix donna un maître coup de pic entre deux troncs à hauteur d'homme. Il fit un trou et mit son œil à cette ouverture. Les assiégeants étaient groupés juste en face de lui, au nombre de trente ou quarante. Derrière eux, mais beaucoup plus loin, on voyait un second groupe composé des bouches inutiles, femmes, enfants et nègres. Tout le campement était là.

Grelot avait raison : il eut été facile de viser les trois frères Smith, mais il eut fallu saisir le moment, car à l'instant même où Mornaix glissait son premier regard par le trou de pioche, les torches s'éteignirent subitement, et le groupe, se séparant par moitié, commença à se glisser vers l'écurie.

Au lieu de venir en droite ligne à la porte, située au milieu de la cloison, les deux troupes, s'abritant derrière les buissons et les déblais de trous à or (car on avait miné tout autour du campement), essayaient évidemment d'approcher la place par surprise.

— Bien, bien ! murmura Grelot, vos finesses sont cousues

... de fil blanc, allez toujours. Vous allez revenir vers la porte en rasant le mur, comme des sauvages que vous êtes. Connu !

— Dîtes donc, monsieur le comte, interrompit-il. Ça tient plus ferme que je ne croyais, ici, en haut. Il y a des crampons. C'est égal. Faites-moi le plaisir d'attacher vos paquets de paille à la queue des renards, ami Malgache...

— Des renards ! répéta Miguel.

— Maître Grelot, dit Roger, ce n'est pas le moment de plaisanter.

Le gamin de Paris jeta à ses pieds un énorme crampon qu'il venait de desceller avec la seule aide de sa hache.

— On fait ce qu'on peut, patron, répliqua-t-il. A défaut de merles, on mange les grives. Si le seigneur Malgache ne trouve pas de renards à portée de sa main, qu'il prenne les chevaux. Ce sera toujours assez bon pour les philistins !

— Attachez la paille à la queue des chevaux, ordonna aussitôt Mornaix qui avait compris du premier coup le stratagème de Grelot.

— Caraï ! murmura le Malgache avec admiration. Le demonio a plus d'esprit qu'il n'est gros !

— Mais objecta Roger, les renards de Samson étaient pour incendier les moissons des infidèles, il n'y a pas un grain de blé à dix lieux à la ronde.

— C'est juste, dit le Malgache. Et Samson avait des portes ouvertes pour faire sortir ses renards.

Des coups de hache pressés retentirent au dehors, et le mur en bois, privé déjà de la majeure partie de ses attaches, oscilla sur sa base.

— Ma parole ! s'écria joyeusement Grelot, les beaux esprits se rencontrent. Nous sommes tombés justement, ces messieurs et moi, sur la même mécanique. Attention ! nos quatre chevaux sont-ils prêts?

— Ils sont prêts.

— Les autres ont-ils leur fourrage sous la queue?

— J'attache la dernière botte de paille.

— Déhalez la lampe et ne bougez plus !

Mornaix jeta sa pioche. Une tranchée profonde laissait à nu le pied des troncs tout le long de la cloison.

Au dehors, on était en belle humeur comme à l'approche d'un bon tour. Des chuchotements bourdonnaient, coupés par des éclats de rire contenus. Aux bruits de la hache s'ajoutait le son sourd de la pioche attaquant la terre de l'autre côté du mur. Grelot avait achevé sa besogne, et pourtant il ne descendait point.

— C'est grand dommage, dit-il, de perdre tant de bons chevaux. Il y aurait là de quoi se faire des rentes. Mais il ne s'agit pas seulement de prendre la clef des champs, il faut encore rendre la poursuite impossible.

— Cet avorton-là vaut son pesant d'or ! dit Miguel attendri.

Mornaix avait largué lui-même la corde qui suspendait la lampe au plafond. Il se trouvait auprès de Roger qui tenait en bride les quatre chevaux tout sellés.

— As-tu compris, copain ? demanda-t-il.

— A peu près, répondit Roger. Nous allons nous faire rompre les os.

— Nous les tenons ! disait-on au dehors.

— J'espère bien, ajouta l'Oiseau-Jaune, que Vos Seigneuries donneront pour le dégât des dommages-intérêts équitables !

— Voilà du vrai français, mon notaire, hein ! ricana Grelot à cheval sur une pièce de charpente : Dommages-intérêts ! Ça fait penser à l'étude !

Malgré lui, en effet, Roger songea à maître Piédaniel.

— Holà ! monsieur le comte ! cria du dehors la voix de Jonathan Smith, m'entendez-vous ?

— Je vous entends, répondit Mornaix.

— Sommation d'usage ! grommela Grelot. Tenons-nous bien : il va mentir.

— Monsieur le comte, reprit Jonathan, vous êtes là quatre braves hommes, mais nous sommes ici quarante qui n'avons pas froid aux yeux.

— Cela fait dix contre un, calcula Mornaix.

— Juste. Mais vous croyez avoir l'avantage de la position, n'est-ce pas ?

C'est notre opinion.

— C'est votre erreur, monsieur le comte. Nous ne vous attaquerons pas par la porte, ce qui exposerait les premiers entrants à vos coups. Nous ne voulons pas perdre une once de sang au jeu que nous allons jouer. L'idée est de moi...

— Et de moi, intercala Grelot. Moitié partout !

— Vous savez, poursuivit Jonathan, que je m'entends assez à manier mes cartes. Jusqu'à présent, vous n'avez pas été heureux avec moi.

Le sang monta violemment aux joues de Mornaix, mais il répondit avec calme :

— Toute partie a sa revanche. Qui vivra verra.

— Juste ! dit encore Jonathan Smith. Pour voir, il faut vivre. Or, vous êtes morts, si je veux. Derrière ce mur que vous regardez comme un abri, vous ne valez pas mieux qu'en rase campagne; ce mur va disparaître à mon commandement, aussi vite qu'un décor de théâtre, et lorsqu'il sera tombé, il n'y aura plus rien entre vous et nos carabines.

— Alors, pourquoi parlementer, Jonathan Smith?

— Si je vous disais que c'est pour épargner votre vie, vous ne me croiriez pas, monsieur le comte. Mais il y a avec vous vingt chevaux dont six m'appartiennent. En mon nom, et au nom de ceux qui réclament les seize autres, je vous offre capitulation.

— Ils sont supérieurement placés, dit Grelot. On peut faire une magnifique omelette de coquins. Allumez les mèches !

Le Malgache et Mornaix approchèrent aussitôt de la lampe deux poignées de paille qu'ils tenaient à la main.

Les choses étaient ainsi à l'intérieur de l'écurie : Seize chevaux libres, sans harnais et portant des bottes d'herbes sèches derrière la croupe, étaient rangés sur une seule ligne en face de la cloison. Mornaix et Miguel restaient l'un près de l'autre la mèche à la main. Grelot restait à son poste dans la charpente. Roger tenait les chevaux sellés.

— Vous ne répondez pas? demanda Jonathan. On ne vous sommera pas deux fois !

Grelot arc-bouta son corps souple et vigoureux, malgré sa

...rêle apparence. Les deux jambes se mirent sur le sommet du mur de bois qui tenait seulement par son propre équilibre. Le mur oscilla puis tomba tout d'une pièce, produisant
un bruit comparable à une décharge d'artillerie.

Il y eut un cri au dehors.

Au dedans, Mornaix et Miguel, s'éloignant l'un de l'autre,
firent courir la mèche derrière les seize chevaux qui bondirent
furieusement, emportant les brandons enflammés. Leur passage sur le mur tombé, qui formait pont, produisit un fracas
de tonnerre.

Grelot dégringolait en même temps. Nos quatre amis étaient
en selle. Un second tourbillon passa sur le pont sonore et s'en-
gloutit dans la nuit.

L'écurie était vide.

(Lire la suite dans le volume *Le Rôdeur gris*.)

TABLE DES MATIÈRES